Prada & préjugés

Mandy Hubbard

Prada & préjugés

Traduit de l'anglais (américain)
par Julie Guinard

wiz
Albin Michel

Mandy Hubbard est écrivain et agent littéraire ; elle est l'auteur de plusieurs romans pour adolescents remarqués. Elle a écrit *Prada & préjugés* à vingt-cinq ans, premier livre qui a rapidement rencontré le succès. Mandy Hubbard vit actuellement avec sa famille à Enumclaw, Washington.

Titre original :
PRADA & PREJUDICE
(Première publication : Razorbill, published by Penguin Young Readers Group, New York, 2009)

Pour mon mari,
tout simplement parce que je l'aime.

1

C'est une vérité universellement reconnue : une adolescente américaine effectuant un voyage scolaire en Angleterre est supposée s'amuser comme une folle.

En tout cas c'était ce que je croyais. Au lieu de ça, c'est la misère. Il m'a fallu deux semaines pour convaincre maman que j'étais suffisamment responsable pour participer à ce voyage plutôt que de passer le reste de l'été avec mon père, huit jours pour me procurer un passeport en catastrophe, et exactement vingt-quatre heures pour le regretter. C'est ma première journée à Londres et, au lieu d'admirer Buckingham Palace, Big Ben ou la Tamise, je prends racine au café Belgaro de mon hôtel en rêvant que quelqu'un, *n'importe qui*, m'adresse la parole.

L'objectif de ce voyage consistait à visiter les hauts lieux d'un Londres précurseur de l'histoire européenne. J'entre en première dans un mois, c'est paraît-il l'année où on étoffe son dossier de candidature pour les inscriptions en fac. Enfin, d'après les brochures d'orientation.

L'année dernière, jamais je n'aurais été exclue de cette façon. Ma meilleure amie Katie et moi, on n'a jamais voulu faire partie de la pseudo-élite du gang des branchés bling-bling. D'ailleurs, on se moquait d'elles pour ainsi dire ouvertement. Quand on nous a remis les trombinoscopes de la promotion au printemps dernier, on y a dessiné des moustaches aux filles populaires et noté quelques extraits des débilités qu'elles avaient prononcées en classe.

Puis Katie a déménagé. Sans elle, ça devient quasiment impossible de me convaincre que je suis contente de faire partie du gang des intellos. Et pour cause : il n'y a que moi sur la liste.

Tout a commencé quand j'ai téléphoné à Katie à l'heure du déjeuner, deux jours après son déménagement. C'est probablement pathétique de l'admettre, mais j'avais attaqué mon déjeuner toute seule dans les toilettes du lycée. J'avais le cafard, il me fallait le soutien moral de ma copine.

Alors j'étais là dans la dernière cabine, à déblatérer sur mon portable. Je ne me doutais absolument pas que la snobissime Trisha Marks était entrée. Elle a tout entendu, y compris le moment où j'ai dit que les pompom girls étaient les courtisanes des temps modernes. Comme on s'en doute, ça n'a pas été très bien reçu. Du moins, après vérification par Trisha de la définition de courtisane dans son iPhone chic et choc.

Résultat, à peu près toutes les agitatrices de pompons du lycée m'ont dans le collimateur.

Le carillon de la porte me fait lever les yeux, et ô horreur, je vois entrer trois filles de ma classe. Angela, la blonde longiligne, promène la bagatelle de trois sacs à cordelettes fièrement estampillés Chanel, Gucci et Armani. Summer, sa meilleure amie, petite et menue, marche en silence dans son ombre, son sac Juicy à la main, ses boucles brunes tombant en cascade sur ses épaules. Et à côté d'elles Mindy, l'adolescente américaine normale : ses cheveux châtains négligemment relevés en un chignon lâche dont s'échappent des mèches folles, elle porte un petit débardeur rose agrémenté de dentelle sur un jean lacéré. Elles rient toutes les trois d'une chose que je n'entends pas.

En fait, elles ont l'air de vivre le voyage dont j'avais rêvé. Ces trois filles ne sont peut-être pas le noyau dur de la clique des nanas en vogue, mais elles en font partie, c'est clair. Et Angela Marks étant la petite sœur de Trisha-la-pom-pom-girl-diabolique, elle a juré par le sang de défendre son honneur. À savoir, me jeter le mauvais œil avant de m'ignorer royalement alors qu'on nous a désignées partenaires au début du voyage. C'est donc à cause d'elle que je ne peux pas quitter l'hôtel sans enfreindre la règle d'or de Mme Bentley : sortir en duo = danger zéro, interdiction de mettre le nez dehors toute seule, bla bla bla.

Et maintenant, elles vont me voir vautrée dans mon malheur de victime. Je me recroqueville sur ma banquette en cuir en espérant que le gros palmier en pot à côté de la table suffira à dissimuler mon visage. Il n'est pas question qu'elles sachent que je suis plantée là devant deux verres de Coca vides comme si j'y avais passé toute la matinée. Parce que autant l'avouer, c'est exactement ce que j'ai fait.

Les activités du groupe ne commenceront pas avant après-demain. Nous visiterons des musées, des palais, nous ferons des excursions dans des bus à impériale. Reste à savoir si les choses s'amélioreront ou empireront. Parfois je me sens plus solitaire au milieu des gens de ma classe que toute seule.

Pourquoi ai-je cru que ça changerait pendant ce voyage ?

C'était censé être ma grande chance d'inverser la tendance. Je m'étais dit, je suppose, qu'en partant à des milliers de kilomètres, je laisserais derrière moi ma réputation. Erreur.

Que les choses soient claires : à mon avis, il n'est pas humainement possible que je copine avec Angela. Elle partage irréfutablement le patrimoine génétique de Trisha, si vous voyez ce que je veux dire. Jusqu'à son rictus méprisant dès que quelqu'un l'agace. Mais Mindy suit en général les mêmes matières que moi dans le programme enrichi et parfois, l'an dernier, on était ensemble en TP de chimie au labo. Si j'étais un peu plus sociable, Mindy et moi on pourrait être amies, à l'heure qu'il est.

Elle a l'air sympa. Je la vois qui lève les yeux au ciel en regardant Summer quand Angela a le dos tourné. Si c'était à Mindy qu'on m'avait associée pour le voyage, elle ne m'aurait pas plantée là, elle. Il suffirait que je m'arrange pour qu'Angela, bon gré mal gré, accepte ma présence, et peut-être qu'on sortirait toutes les quatre ? Avec un peu de chance, on pourrait même intervertir les équipes.

Les filles entassent leurs achats sur la banquette voisine de la mienne, sans remarquer ma présence derrière le palmier touffu. Je ne vois pas ce qu'elles font, mais j'imagine qu'Angela prend la carte et essaie de décider si elle préfère une salade d'épinards non assaisonnée ou un verre d'eau. Je suis quasi certaine qu'elle est anorexique, ce qui m'est plus facile à supporter que l'idée qu'elle soit naturellement parfaite. C'est vrai, quoi, elle est tellement maigre qu'un seul œil suffit pour la voir.

– Alors les filles, pour ce soir, je choisis ce haut rouge, qui est plus décolleté, ou mon bustier jaune satiné ? demande Summer.

Elle doit être en train de fourrager dans un sac car je n'entends que des froissements de plastique.

– Le bustier jaune. Sans hésitation. C'est tout à fait ce qu'il faut pour aller en boîte, décrète Angela. Mais tu as les chaussures assorties ?

En boîte ? J'ai bien entendu ? Apparemment, elles ont l'intention de transgresser toutes les règles et de sortir en boîte de nuit. Je n'aurais jamais le cran de faire un truc cool comme ça. Mon programme à moi, c'est de louer un film pour le regarder dans ma chambre, ce qui me paraît de plus en plus pitoyable.

Summer pousse un grand soupir qui lui soulève la poitrine, aussi mélodramatique que si elle venait de rater son année de première avant même de la commencer. Je me la représente, une moue ourlant ses lèvres charnues, fronçant ses sourcils impeccablement épilés.

– Je n'en sais rien. J'étais sûre d'avoir emporté mes Gucci noires, mais elles ne sont pas dans mon sac.

– Ce ne sont pas des Gucci. Ce sont des imitations, tranche Angela d'une voix acerbe.

Mer... credi. J'enfonce vite sous ma chaise les tongs Old Navy qui dépassent de sous la table.

– Et alors ? réplique Summer dont la voix grimpe d'une octave. Elles sont si moches que ça ?

Mindy intervient :

– Peu importe, les garçons sont incapables de faire la différence.

Angela émet un son proche du grognement. Ses sujets lui ont tenu tête, elle se doit de réaffirmer sa domination, je suppose. Ne parlant pas couramment le « dialecte Angela », je ne peux pas l'affirmer. Je présume qu'en ce moment, elle rejette ses cheveux blond platine derrière ses épaules en levant les yeux au ciel.

– Eh bien moi, si. Vous avez vu la fille au café ce matin ? Elle portait de fausses Prada. Non mais vous vous rendez compte ? Elle croit sincèrement bluffer quelqu'un ?

Authentique. Angela est l'archétype de la pimbêche superficielle et gâtée. Un cliché ambulant. Ce qui n'empêche pas les gens de l'aduler. Avec sa peau veloutée, ses yeux d'un bleu éclatant et la plus ondoyante masse de cheveux qui soit, je ne peux pas vraiment leur en vouloir.

Cette fois, j'imagine Mindy soupirant intérieurement en regrettant de ne pas tenir une conversation plus intéressante. Le genre de conversation qu'elle aurait avec moi, par exemple. On pourrait déambuler dans les jolies ruelles et admirer l'architecture anglaise tout en débattant de la théorie de l'évolution. Ou au moins, évoquer notre antipathie commune pour M. Thomason, notre prof de physique avancée de l'année dernière. Le jour de notre premier cours au labo, j'ai failli me griller les cheveux avec un bec Bunsen et tout ce à quoi j'ai eu droit de sa part, c'est un sermon devant la classe entière. Il n'a pas de cœur, cet homme.

– OK. Après le déjeuner on ira acheter une belle paire de chaussures à talons, déclare Summer. Mais il faudra que vous m'aidiez avec le taux de change. Je crois que j'ai déjà trop dépensé.

– Si tu t'imagines que je m'y connais mieux que toi ! Moi, je sors ma carte et basta, réplique Angela.

D'après la rumeur, elle serait titulaire d'une carte noire American Express sans limite de crédit.

– Je t'aiderai, propose Mindy. C'est assez simple.

C'est simple, mais peu importe. Mon surnom pourrait être « le Cerveau », et celui de Summer « le Gros Lot ». Et pas parce qu'elle est bonne en maths...

– Comment elle s'appelle, cette boîte, déjà ? demande Summer.

– Je ne sais pas. C'est au bout de Sloane Street, ça

rejoint une impasse qui donne sur Hyde Park, je crois. On a rendez-vous avec les garçons devant la sortie de secours à neuf heures, déclare Angela.

Je n'en crois pas mes oreilles. Elles vont s'incruster en boîte pendant que je resterai claquemurée à l'hôtel. C'est trop injuste. Et moi alors ? Je ne peux pas venir ?

La serveuse vient prendre les commandes (je suis stupéfaite d'entendre Angela demander un cheeseburger) et, tout en triturant une paille entre le pouce et l'index, j'élabore une stratégie. Je vais me diriger nonchalamment dans leur direction et, en jetant un coup d'œil vers elles et en apercevant Mindy, je feindrai la surprise. Puis je lui demanderai si elle a commencé les lectures de l'été recommandées sur la liste de M. Brown. Si ça se présente bien, j'enchaînerai sur un petit couplet à propos de Londres, comme on s'y ennuie pour l'instant, et logiquement, elles me proposeront de les accompagner. Tactique imparable.

Mon estomac se lance déjà dans une série de sauts périlleux en signe de protestation, mais je suis résolue. Ça ne peut plus durer. Je dégaine de la poche de mon Levis mon gloss mango et me le passe sur les lèvres, puis je lisse mes cheveux blonds un peu frisottés.

Quand il faut y aller, il faut y aller. En un éclair, je m'extirpe de la banquette en cuir et suis presque debout au moment où quelqu'un me percute par-derrière.

Pffou. Je me retrouve quasiment à genoux, le souffle coupé, mais je parviens à me redresser sans m'étaler de tout mon long.

C'est alors que je sens quelque chose de glacé s'insinuer à travers ma chemise et me dégouliner dans le dos. La chair de poule me hérisse les bras. En tournant la tête, je vois une femme qui tient une carafe de thé glacé à moitié vide, un tablier noir noué autour de la taille.

– Ça va mon petit ? Oh, miséricorde, vous voilà toute trempée ! Je suis sincèrement désolée. Vous avez jailli devant moi, ajoute-t-elle, plus pour elle-même que pour moi. Attendez, je vais vous aider.

– Euh, non, c'est bon, je vous assure. Pas de problème.

Je respire un grand coup et jette un œil au trio à côté de moi. Angela retient (sans succès) un immense sourire mais Mindy se contente de me regarder, sans expression. Summer se cache derrière la carte, le visage baissé de sorte que je ne vois que ses cheveux bruns éclaircis par un balayage.

– Ça va ? demande Mindy.

– Joli, lâche Angela. Tout en grâce.

Les épaules menues de Summer sont secouées de soubresauts silencieux et je me sens piquer un fard.

– Oh, euh, ça va, oui. Je suis juste... trempée. Je... ce n'est rien. Merci.

Du coup, je me dégonfle. Plus question de leur parler, maintenant. Comme si elles allaient me proposer de sortir avec elles ce soir ! Ha, c'est risible. Et voilà pourquoi elles me fuient, je viens de l'illustrer brillamment : je suis un fléau ambulant.

Je sors en trombe par la petite porte du café communiquant avec l'hôtel et me glisse dans les toilettes du hall, le refuge le plus proche du théâtre de mon humiliation. J'entre dans l'une des cabines tapissées de papier rose raffiné et m'assieds sur les toilettes quelques minutes, le visage enfoui dans les mains, pour tâcher de me ressaisir. J'ai une boule dans la gorge mais je ne pleurerai pas, ça n'en vaut pas la peine. Ce genre de mortification m'arrive tout le temps, demain ce sera déjà moins cuisant. Je vais l'occulter de ma mémoire comme si ce n'était jamais arrivé.

Maman dit toujours que j'ai deux pieds gauches, mais je crois que c'est encore trop indulgent pour moi. Je suis tellement maladroite que je mérite ma propre caricature. Je suis sûre qu'un jour, se casser la figure se dira « se gameller à la Callie Montgomery ».

Je me relève et je quitte les toilettes ; la chasse d'eau se déclenche automatiquement derrière moi. Je me traîne vers les lavabos en ravalant les dernières larmes qui menaçaient encore de couler.

Face au miroir cerclé d'or, je me retourne pour évaluer les dégâts. Mon tee-shirt blanc est complètement trempé, au point qu'on voit mon soutien-gorge noir. Les pointes de mes cheveux blond filasse ont reçu leur part de thé glacé aussi. Ils sont même parfumés au citron.

Je soupire et agrippe des deux mains le bord du lavabo en contemplant mon reflet. Je ne suis pas monstrueusement laide, non plus. Juste du genre quelconque. Un nez fin et droit. Des pommettes normales. Des yeux d'un bleu banal. On ne fait pas plus ordinaire.

Rien d'étonnant à ce que personne ne m'ait encore jamais embrassée. J'ai des lèvres plutôt minces. Pas pulpeuses et invitant au baiser, comme celles d'Angela.

La porte s'ouvre en grand et je vois entrer Mindy. Je m'écarte vivement du miroir pour qu'elle ne devine pas que j'étais en train de m'examiner.

Elle resserre le nœud de son boléro anthracite lorsqu'elle m'aperçoit soudain ; sa bouche s'entrouvre et se fige dans cette moue, dessinant un petit o de surprise.

Je laisse retomber mes mains contre mes flancs en essayant d'oublier le picotement désagréable du tee-shirt mouillé qui adhère à mon dos.

– Oh, dit-elle, puis elle s'immobilise sur le seuil, a croire qu'en s'approchant de moi elle risquerait d'attraper la peste bubonique.

– Re-bonjour, dis-je.

J'éprouve subitement un furieux besoin de me laver les mains, aussi j'appuie cinq fois sur le distributeur de savon et emplis mes paumes de mousse rose. Sa présence dans ma vision périphérique est envahissante, et je dois m'obliger à rester concentrée sur cette tâche d'une importance capitale concernant mon hygiène personnelle. Pourquoi elle me fixe ainsi ?

Enfin, Mindy pénètre dans l'une des cabines tandis que je ferme le robinet et prends quelques serviettes en papier. Je me sèche les mains lentement, jusqu'à ce qu'elle ressorte.

Je jette les serviettes et fais semblant de réarranger une mèche de cheveux le temps qu'elle s'approche des lavabos. Elle s'arrête à mi-chemin.

– Euh, Callie ?

Je relève la tête et je me tourne vers elle. Elle me sourit.

Ça y est ! C'est mon billet pour la fête !

– Euh, je voulais juste te dire... enfin...

Elle se tait un court instant.

Mon cœur s'emballe. Je savais que Mindy n'attendait que l'occasion de faire le premier pas. Je suis sûre que le courant passerait entre nous si je pouvais me comporter normalement pendant plus de cinq minutes.

Elle s'éclaircit la gorge.

– Tu as du papier toilette accroché à la chaussure.

2

– Hein ?

Je regarde mes tongs et le long morceau de papier blanc qui traîne à un des talons.

– Oh, ah, merci.

Je me baisse, arrache le papier et me précipite vers la sortie sans ajouter un mot.

Je franchis le seuil de l'hôtel sans même me rendre compte de ce que je fais. Je n'ai pas eu le cran de sortir sans « binôme » depuis le grand sermon de Mme Bentley hier à notre arrivée. Elle a juré que si elle en surprenait une toute seule dehors, elle la renverrait chez ses parents.

Mais pour réintégrer ma chambre, il faudrait que je traverse à nouveau le café, annoncée en fanfare par le claquement de mes tongs. Je devrais repasser devant Angela et son sourire méprisant, devant Summer et ses gloussements.

Je ralentis en réalisant que je viens de parcourir plusieurs centaines de mètres dans Sloane Street sans m'en apercevoir. Notre luxueux hôtel cinq étoiles se trouve dans le meilleur quartier de Londres question shopping, du moins c'est ce qu'Angela n'a cessé de répéter durant tout le vol.

Oh, ce n'était pas à moi qu'elle parlait, naturellement. Elle était assise entre Summer et Mindy, un rang devant moi. J'avais un siège près d'un hublot, à côté d'un vieux monsieur qui a ronflé du début à la fin. Je faisais mine de lire mais j'ai passé mon temps à espionner leur conversation. Je crois qu'Angela énumérait les designers par ordre alphabétique. J'ai perdu le fil après Armani, Burberry, Chanel, Coach et Dior.

Je dois être sur la bonne voie car les filles filiformes que je croise ont des looks de top-modèles, et il me semble que je viens de voir la troisième voiture de sport étrangère en autant de minutes.

Hallucinant. Sacré changement par rapport à mon ordinaire. Dans notre petite ville de province, on trouve plutôt des pick-up customisés et un supermarché chic à la place des Ferrari et des boutiques Louis Vuitton.

L'architecture est superbe, ici : toutes sortes d'édifices en briques, de voûtes et d'arcades ouvragées, de pierres sculptées, de cafés en plein air, de vitrines luxueuses... Tout est tellement *anglais* que le seul fait de flâner dans cette rue me donne l'impression d'être un brin chic et sophistiquée. Je me vois bien mangeant un croissant en débattant des subtilités du style de Chaucer, ou quelque chose dans ce goût.

Si j'arrivais à m'imprégner un peu de cette... *aura*, je pourrais peut-être envoyer valser Callie-la-calamité et trouver un plan pour sortir avec les autres ce soir.

Le club est à l'angle de Hyde Park et Sloane Street, elles ont dit. Je pourrais acheter quelques vêtements mignons et procéder à un petit repérage, histoire de démystifier les lieux. Et allez savoir si ce soir je ne trouverai pas le courage de m'incruster. Mindy est assez sympa, en fait. Elle pourrait prendre ça bien. Si je suis présentable et que je me conduis normalement, elles arrêteront de me considérer comme un boulet.

Encore plongée dans mes pensées, je passe devant une vitrine remplie de mannequins. L'un d'eux est vêtu d'un petit haut bleu pastel ressemblant exactement à celui, de couleur rose, que portait Mindy.

Oui, ça pourrait marcher.

Étape numéro un : Shopping Thérapeutique.

Deux heures plus tard, j'ai les bras et les pieds en compote. Je ne sais toujours pas vraiment quel genre de look je vise, mais si je ne peux pas improviser quelque chose avec les deux cents dollars – oups, deux cents *livres* – de vêtements que j'ai achetés, je suis définitivement irrécupérable. L'idée, c'est que je ne voudrais pas avoir l'air de me donner trop de mal, mais sans non plus paraître dépassée. Ce soir, il faut que je sois au top. Si je m'en sors bien, c'est l'occasion idéale de renverser la vapeur, et je passerai le reste de mes vacances en Europe avec Mindy, à m'éclater enfin.

Je m'apprête à faire demi-tour pour rentrer à l'hôtel quand je le vois : un bâtiment en briques de cinq étages, doté chacun de bow-windows. Des jambages ornés de cannelures encadrent l'entrée. Au rez-de-chaussée, je me reflète dans un mur en verre si bien astiqué qu'il me renvoit mon regard.

Et au-dessus de ma tête, en lettres majuscules d'une sobriété presque choquante, un seul mot : PRADA.

Je contemple la vitrine, et les paroles d'Angela résonnent dans ma tête. Les chaussures n'ont aucun secret pour elle. Les imitations non plus. Et elle sait reconnaître ce qui en jette. Et si j'achetais une paire de Prada pour ce soir ? Est-ce qu'elle les admirerait ? Est-ce qu'elle dirait au moins quelque chose pour briser la glace ? Alors je n'aurais plus qu'à lui renvoyer une repartie spirituelle, et elle à oublier qu'elle ne m'avait pas proposé de venir.

Aux grands maux, les grands remèdes. En l'occurrence, le grand remède sera la carte de crédit de maman, qu'elle m'a donnée assortie d'un sévère avertissement : « À n'utiliser qu'en cas d'urgence. » D'après mes critères personnels, il s'agit bel et bien d'une urgence. Après tout, je m'apprête à passer une soirée qui va changer toute ma vie.

Du trottoir, je jette un coup d'œil dans la boutique. Je vois une pancarte annonçant la collection d'été, et une douzaine de paires de chaussures à talons juchées sur de petits perchoirs en acrylique. Je repère un modèle de chaussures à semelles compensées et mon cœur fait un bond. Même le talon est peint, avec un motif de petites fleurs. Mais aussitôt, je pense à ce qu'en dirait Angela et je comprends qu'elles sont trop tape-à-l'œil. C'est là que mes yeux s'arrêtent dessus : une paire d'escarpins en cuir verni rouge avec des talons aiguilles vertigineux et des brides hyper mignonnes. Ils sont totalement classiques, et pourtant personne ne risque de les confondre avec une autre marque. Ma décision prise, j'ouvre la porte et entre dans la boutique. Je ne vais même pas les essayer : ils sont à moi.

Il s'avère que j'aurais probablement *dû* les essayer car, à vrai dire, maintenant que je les ai aux pieds, je constate que je flotte un peu dedans. Mais je trouverai sûrement un moyen de rembourrer les pointes avec un mouchoir en papier. Ça ira. Dès que je serai de retour à l'hôtel.

Qui, par malheur, se trouve à pratiquement deux kilomètres, à côté du pont de Chelsea et de la Tamise.

En équilibre précaire sur les talons les plus hauts que j'aie jamais portés, je suis déterminée à regagner ma chambre d'hôtel. L'avantage, c'est qu'après cette petite trotte, leur aspect flambant neuf se sera atténué et quand Angela tombera en pâmoison, je pourrai répondre avec désinvolture : « Oh, ces vieilles pompes ? ».

Je fais quelques pas maladroits, et c'est à cet instant que cela se produit : le talon se prend dans une grille d'égout et je me tords la cheville. Je vais m'étaler de tout mon long. J'ai le souffle coupé, je sais que ce qui m'attend va faire mal. Le ciment se jette vers moi si vite que je ne peux même pas me protéger la tête. La dernière chose que je vois, c'est un monsieur bien habillé aux cheveux poivre et sel qui me fixe de ses yeux écarquillés tandis que je balance les bras en les agitant comme des ailes de poulet.

La douleur me vrille la tempe au moment où je m'abats sur le trottoir, puis c'est le néant.

3

Quelque chose me martèle l'intérieur du crâne. Je sens monter la nausée, mais je reste immobile quelques longs instants en gardant les yeux fermés et en attendant que ça passe, et les battements dans ma tête s'estompent jusqu'à n'être plus qu'un roulement de tambour dans le lointain.

J'entrouvre une paupière, pensant que le martèlement va recommencer, mais non. J'ouvre l'autre œil ; le mal de tête a cessé. Bon.

Une fois que j'ai les yeux ouverts, cependant, un nouveau problème se présente. Je suis assise par terre, dans de la boue humide et molle. Ma main gauche, sur laquelle je prends appui, s'y enfonce. Je redresse brutalement la tête.

Mon cœur bat plus vite et un cri s'étrangle dans ma gorge.

C'est quoi, ce cirque ? Je suis entourée d'arbres. Et pas seulement quelques arbres, comme si on m'avait déplacée du trottoir jusqu'à un jardin public voisin.

Non, je pourrais tout aussi bien être dans la forêt d'un parc national. Le soleil se couche et tout ce que je vois, ce sont des troncs d'arbres, des ombres et de l'humus. Des oiseaux ont le culot de gazouiller – à les entendre, c'est une journée ordinaire.

C'est absurde. Complètement absurde.

D'une main tremblante, je me frotte les yeux, certaine que j'ai une hallucination. Quand je les rouvre, rien n'a changé.

Oh, mon Dieu, mon Dieu, mon Dieu. Qu'est-ce que c'est que ça ? Ce n'est pas normal. Pas normal du tout.

Je regarde autour de moi, en m'obligeant à inspirer plusieurs fois lentement et profondément.

Pas. De. Panique.

Il existe forcément une explication simple.

Mes sacs de shopping ont disparu. Tous les trois. On m'a dépouillée ? Mon sac à main est toujours serré entre mes doigts crispés, un rapide coup d'œil m'indique que son contenu est intact. Alors où sont mes achats ? À mes pieds, je suis rassurée de voir mes précieuses chaussures Prada. Ouf.

Je remonte les genoux jusqu'à ma poitrine et j'y pose mon front. Ma tempe gauche est sensible à l'endroit où elle a heurté le sol.

Je me mordille les lèvres et promène à nouveau mon regard alentour. Mais qu'est-ce que c'est que cette histoire ?

J'ai acheté ces chaussures. J'ai fait quelques pas. Je suis tombée.

Et je me retrouve... en pleine forêt ?

C'est impossible. Je ne me rappelle pas avoir vu des arbres comme ceux-là. Peut-être qu'ils étaient cachés derrière les boutiques ? Peut-être que quelqu'un m'a entraînée à l'écart de la circulation ?

Mais j'ai beau tourner la tête, je ne vois que des arbres, à perte de vue. Des centaines. Non, des milliers. Plus le temps passe, plus j'ai envie de prendre mes jambes à mon cou. Qu'est-ce que tout ça signifie, à la fin ? Comment se fait-il que je me cogne la tête en plein centre de Londres et que je me réveille au milieu des bois ?

Quelque chose hurle au loin et je bondis sur mes pieds en sursaut. Dieu tout-puissant. Il y a des loups en Angleterre ? Ce devait être un chien. Mais dans ce cas, étant donné le cri qu'il a poussé, il doit être immense. Titanesque.

Je m'éloigne rapidement dans la direction opposée. Mes talons s'enfoncent dans la terre humide et je dois étendre les bras pour ne pas perdre l'équilibre ; j'ai l'impression de marcher sur des sables mouvants. J'en aurai pour des heures avant d'arriver quelque part. Et le soleil décline déjà. L'horreur. L'horreur absolue. Je ne veux pas être perdue dans le noir loin de tout.

Je respire un bon coup en essayant de calmer les battements de mon cœur qui s'est emballé dans ma poitrine. C'est le genre d'évènements bizarres qui arrivent aux infos. Pas à moi.

Je trébuche sur des racines et tombe à genoux. La

boue a vite fait de transpercer mon jean. Je me relève tant bien que mal, les larmes au bord des cils. Génial. C'est exactement comme ça que je voulais terminer ma soirée. Je devrais être en train de faire la fête, de danser et de faire la causette avec Mindy et Angela. Mais à la place je me balade dans une forêt anglaise. Toute seule. À la tombée de la nuit.

Je n'y comprends toujours rien. Par quel mystère j'ai bien pu atterrir ici ?

Et si je n'allais pas en ligne droite ? Pas impossible que je tourne en rond ! Je vais végéter indéfiniment dans ce périmètre !

Il fait froid, et il règne un silence surnaturel. Le feuillage des arbres cache la lumière déclinante du jour et rend la forêt beaucoup trop sombre à mon goût. Est-ce que quelque chose vient de remuer ? Non, c'est une simple feuille qui tombe en voletant. Je deviens paranoïaque.

Après avoir marché dix minutes, maudit l'Angleterre et tout ce qu'elle englobe, j'entends quelque chose. Cela ressemble à un grondement qui rappelle celui d'un train, mais un peu moins bruyant. Suivi d'un hennissement. Hein ? Ça ne peut pas être bon signe.

Je me mets à l'abri derrière un chêne géant, bien cachée par le large tronc, et j'ouvre grands les yeux. Pitié, faites que je ne tombe pas sur un détraqué armé d'une tronçonneuse.

Un carrosse apparaît, tiré par quatre chevaux gris. Je me suis réveillée dans un conte de fées ou quoi ? Je fixe avec ahurissement les roues qui passent devant moi et je sens le sol trembler sous mes pieds. Le fracas diminue tandis que la voiture s'éloigne, et je songe soudain que j'aurais peut-être dû demander de l'aide.

Si ça se trouve, c'étaient des gens bien intentionnés qui auraient pu me secourir.

Mon ventre se noue tout à coup. Et si j'étais *vraiment* loin de tout ? Si j'étais à jamais perdue ? On pourrait retrouver mon corps n'importe où dans les bois. Et personne ne saura jamais ce qui m'est arrivé. Parce que *moi-même*, je n'en ai aucune idée.

C'est un cauchemar. Un pur cauchemar.

Je n'ai pas le choix. Je dois me remettre en marche. Je ne vois aucune preuve de civilisation mais je ne peux pas être si loin de l'hôtel. Ou du moins d'une maison et de quelqu'un disposant d'un téléphone. Mais si j'appelle Mme Bentley, comment lui expliquer ceci ? Elle ne veut pas qu'on quitte l'hôtel en solo, et je me serais inexplicablement égarée dans les bois ? Ça ne prendra jamais.

Au moins, le carrosse m'a montré la route parallèle au chemin que j'empruntais. Je me décale d'une quinzaine de mètres pour la rattraper. Elle ne vaut guère mieux que le couvert des arbres. Elle est creusée de profondes ornières et n'est pas goudronnée, ce n'est que de la boue et de la terre compactée. Heureusement, mes talons ne s'y enfoncent pas et je peux accélérer l'allure. C'est plus lumineux, aussi, et je trébuche moins.

Ce silence est incroyable. Le seul bruit que j'entends est le claquement de mes talons, un son régulier qui résonne beaucoup trop fort. Le soleil n'a pas encore disparu, mais la lune se lève derrière moi et les étoiles scintillent déjà. La lumière fait briller les petites flaques d'eau et de gadoue qui émaillent le chemin. J'essaie de ne pas remarquer qu'il y a beaucoup plus d'étoiles dans le ciel qu'hier soir.

Je marche jusqu'à ce que le soleil ne soit plus qu'un filament à l'horizon, en regrettant de ne pas avoir arrêté le carrosse. J'ai des ampoules aux orteils et la plante des pieds à vif à l'endroit où frotte le talon. La tête me tourne.

Se pourrait-il que je rêve ? Aussi bien, j'ai perdu connaissance et je suis en réalité dans un lit d'hôpital en train d'imaginer ce scénario complètement insensé ? C'est plausible. Plus ou moins.

Mince alors ! Je n'arrive pas à le croire. Des larmes jaillissent de mes yeux, mais cette fois je les laisse couler le long de mes joues. C'est trop injuste. Je n'ai rien fait pour mériter cet enfer. C'est Angela qui devrait être en train de prouver ses capacités de survie. C'est elle qui s'est moquée de moi. Le karma est censé vous racheter de ce genre de choses, au lieu de vous enfoncer quand vous êtes à terre.

Aujourd'hui, c'est officiellement la pire journée de ma vie. Pourquoi a-t-il fallu que je persuade ma mère de me laisser partir en Angleterre ? Elle avait raison. Je n'étais pas mûre pour un voyage à l'étranger. Si elle était là, je reconnaîtrais mes torts et je lui demanderais de me ramener à la maison. Je passerais le reste de l'été à mes occupations habituelles : aller au cinéma, surfer sur Internet, lire des magazines, manger des cochonneries. Peut-être que ça ne compenserait jamais les choses dont j'ai réellement envie, mais au moins ça m'éviterait de me paumer dans la jungle.

J'aperçois quelque chose devant moi. Je me cache à nouveau derrière un tronc, le temps de voir de quoi il s'agit. Je plisse les yeux. Quelque chose luit au loin. Des lumières ! Je dois être près d'une maison ! Je bondis de derrière l'arbre et cours aussi vite que je le peux vers les lumières. Aussi vite, plus précisément, que mes pieds couverts d'ampoules me le permettent.

Mes chaussures doivent être bousillées, maintenant. Quatre cents dollars fichus en l'air. Ça, je ne sais pas comment je vais l'expliquer à maman. Je me demande si je ne ferais pas mieux de les retirer carrément, mais je n'ai pas trop envie de me retrouver pieds nus. Du coup je les garde.

À une quinzaine de mètres des lumières, je me rends compte que ce sont des lanternes. De vraies lampes à pétrole avec de vraies flammes dedans.

Mais c'est une maison ! En tout cas, je distingue un toit au milieu des ombres.

Arrivée au sommet d'une petite colline, je découvre avec stupeur la maison qui se trouve *sous* la toiture. L'appeler maison est dérisoire. C'est un authentique castel qui se dresse devant moi sur une butte gazonnée, flanqué de part et d'autre de deux ailes massives. Du lierre grimpant tapisse l'aile est. Tout l'édifice est en pierre, exactement comme un château de conte de fées et, dans le crépuscule, il est à la fois majestueux et effrayant. Je le contemple un long moment en me demandant quel genre de personnes habitent là. Ils doivent être richissimes. Voudront-ils bien m'aider ? Ou me prendront-ils pour une ado fugueuse hystérique ?

N'ayant pas le choix, je boitille jusqu'à la porte d'entrée tandis que les pierres du chemin cèdent la place à une allée pavée. Mes pieds m'élancent et je frissonne. Il faisait si chaud, pourtant, mais l'humidité de la boue m'a transie. Depuis une vingtaine de minutes, le vent s'est levé et siffle à travers les arbres. S'ils ne me viennent pas en aide... je préfère ne pas imaginer le sort qui m'attend.

Je passe devant un bassin dans lequel quelques oies s'ébattent gaiement, et me dirige vers l'entrée. La porte est immense. Deux fois plus haute que nécessaire. Elle est assez grande pour être la porte de la Cité d'Émeraude du magicien d'Oz.

Je frappe en fermant les yeux. *Vous allez m'aider. Vous allez m'aider. Vous allez m'aider.*

4

La porte de la somptueuse demeure s'ouvre avant même que j'aie le temps de laisser retomber mon poing, comme si quelqu'un attendait de l'autre côté. Le vieux monsieur qui me dévisage est maigre et frêle ; son sourire méprisant et son regard sec me donnent envie de battre en retraite. J'ai mal au ventre. Pas franchement accueillant, le pèlerin. Il est habillé à la mode d'autrefois, avec son gilet blanc amidonné et sa jaquette noire, et, le plus saugrenu, c'est qu'il porte une perruque poudrée comme George Washington ou ce genre de types de l'époque. Il toise mon tee-shirt et mon jean crasseux, et s'apprête à me fermer la porte au nez.

– Attendez ! dis-je en glissant un pied dans l'embrasure.

La porte rebondit sur mes orteils endoloris et envoie une onde de douleur dans toute ma jambe. Oui, cette fois, mes chaussures sont bel et bien cuites.

Je bredouille :

– S'il vous plaît, je, euh... j'ai b-besoin de votre aide.

C'est totalement dingue de vouloir qu'un bonhomme coiffé d'une perruque poudrée vous porte secours.

– Je me suis perdue et...

– Rebecca ? appelle une voix de fille teintée d'un de ces accents anglais purs et mélodieux.

Je me tords le cou pour regarder à l'intérieur alors que la porte est toujours à demi close, espérant apercevoir la tête de la fille, mais elle se précipite vers moi avec une telle fougue que j'ai à peine le temps d'entrevoir ses cheveux bruns et son merveilleux teint pâle avant qu'elle ne se jette dans mes bras.

– C'est toi ! s'écrie-t-elle avec excitation. J'ai tout de suite reconnu ton accent américain. Nous ne t'attendions pas avant encore un mois ! Je viens juste de recevoir ta dernière lettre disant que tu t'apprêtais à acheter ton billet auprès de la Compagnie transatlantique.

Elle me serre si fort contre elle que je n'arrive plus à respirer. Ainsi comprimée, je constate qu'elle porte un corset sous sa robe démodée, car l'armature me fait mal à travers mon tee-shirt. Elle doit avoir à peu près mon âge, probablement moins de dix-huit ans, mais ces vêtements la vieillissent.

Les lanternes, les habits d'autrefois, le carrosse... Qu'est-ce que ça signifie ? La dimension de ces arbres... la façon dont brillent les étoiles...

Non, c'est de la folie. L'Angleterre est simplement différente de l'Amérique, voilà tout. Ils doivent observer de meilleures normes en matière d'environnement.

Je me rends compte que je dévisage la fille lorsqu'elle émet un petit rire gêné.

– C'est moi, Emily ! Il est vrai que cela fait si longtemps, n'est-ce pas ? Nous avions sept ans, je crois, la dernière fois que nous nous sommes vues. Oh, comme tu m'as manqué, ma chère meilleure amie !

– Oh, non, je ne suis pas...

Je m'interromps soudain. J'ai besoin d'aide, non ? Serait-ce réellement dépasser les bornes que de la laisser me prendre pour cette Rebecca ? Juste une heure ou deux. Ce n'est pas un crime ?

Je termine ma phrase :

– Je suis bien contente d'être ici.

Un sentiment de culpabilité m'envahit brusquement, mais je ne vois pas d'autre solution. Si quelqu'un ne me porte pas secours rapidement, je vais passer la nuit dans les bois, seule et terrorisée.

– Entre donc, il fait si froid ! Oh, je suis tellement heureuse que tu sois arrivée ! Mes vacances à Harksbury sont bien mornes, vois-tu. Je suis ici depuis tout juste trois semaines et la monotonie me lasse. Où sont tes bagages ?

Elle s'exprime beaucoup avec ses mains, qu'elle lance dans tous les sens avec enthousiasme.

– Hein ?

Je vois qu'elle regarde derrière moi, et je me retourne vers le perron désert. Ah oui, bien sûr. Si j'arrive directement d'Amérique, je dois avoir des bagages.

– Ils… euh, ils sont tombés à la mer pendant les opérations de débarquement. J'ai tout perdu.

– Oh, c'est fort fâcheux ! Mais cela n'a pas d'importance, nous sommes de même stature, semble-t-il. Ce sont des effets d'homme que tu portes là ? Tu dois être affreusement gênée !

Je rougis, sans trop savoir pourquoi. Elle est affublée d'une robe à ruché lavande et c'est *moi* qui devrais être gênée ? Qui est donc cette fille ? Et pourquoi ce déguisement ? Les Anglais sont décidément excentriques. Je parie qu'il s'agit d'une de ces vieilles familles bien-pensantes et ultra-protocolaires. Peut-être des nobles, je ne sais pas.

– Puis-je me servir de votre téléphone ? dis-je de but en blanc.

Si j'arrive à joindre Mme Bentley, toute cette mésaventure sera bientôt terminée. Je retournerai dans ma chambre d'hôtel, je prendrai une bonne douche et j'enfilerai mes chaussons bien douillets.

La fille s'immobilise et me considère en inclinant la tête de côté, comme le ferait un chien pour essayer de mieux comprendre. Ses boucles brunes ondulent gracieusement, on dirait une publicité pour un shampooing.

– Notre quoi ?

– Téléphone.

J'essaie de masquer le désarroi dans ma voix. Elle plisse son joli petit nez.

– Je ne crois pas.

Des larmes me montent aux yeux mais je les refoule. Elle doit avoir un iPhone dernière génération qu'elle ne veut pas me prêter. Elle a sûrement peur que je le lui vole.

– Et si, par exemple, nous allions en ville ? dis-je. Chercher, je ne sais pas, des vêtements, puisque j'ai perdu toutes mes affaires.

La boule dans mon gosier grossit à tel point que les derniers mots tiennent plutôt du couinement.

– En ville ? À cette heure-ci ? Nous irons ensemble dès demain matin. Justement, je voudrais me procurer de nouveaux rubans. En attendant, tu vas te reposer, ma bonne amie. Sa Grâce s'est déjà retiré pour la nuit, et je m'apprêtais moi-même à monter dans mes appartements quand j'ai entendu ta voix. Viens, nous allons t'installer et demain matin, je t'accompagnerai à la ville.

– Mais... c'est important. S'il te plaît. Ça ne prendra pas longtemps.

Je m'en veux mais mes lèvres tremblent comme celles d'un enfant. Je suis obligée de les mordre, si fort que je sens le goût du sang.

La fille a l'air perplexe. Elle me contemple en fronçant les sourcils et à mon avis, c'est mauvais signe. J'ai comme l'impression qu'elle pressent une embrouille, soupçonne que je ne suis pas la vraie Rebecca. Si elle devine mon imposture, je suis bonne pour retourner errer sur la route. En essayant de trouver un sens à toute cette mise en scène.

– Il est impensable que je fasse atteler le cabriolet à cette heure-ci sans la permission de Sa Grâce. Bien que nous soyons cousins, je n'oserais le réveiller. Il te faudra attendre demain matin.

Je ne relève même pas le fait qu'elle a parlé d'*atteler* la voiture. Je déglutis, ravale l'envie impérieuse de la supplier à genoux et me contente de hocher la tête. Là c'est obligé, je vais louper la soirée.

Le pire c'est que d'ici à mon retour à l'hôtel demain, Mme Bentley aura vraisemblablement déjà envoyé la police à ma recherche. Mais que faire ?

– D'accord, ça attendra demain, dis-je. Je... euh, je suis heureuse d'être ici.

Elle sourit, me prend la main pour me faire entrer et la seule chose qui me vient à l'esprit, c'est *hou la la !* à chaque pas. Jusqu'à ce que je sois à l'intérieur. Là, je suis tellement ébahie que j'en reste coite. Le vestibule est gigantesque, les plafonds cintrés font dix mètres de haut et l'escalier d'honneur est si grand que cinquante personnes pourraient s'y tenir. Derrière les marches, une peinture murale d'au moins six mètres de large représente une scène sylvestre dans laquelle caracolent des chevaux. Les marches se scindent sur un palier à mi-hauteur, d'où elles partent dans deux directions opposées, vers deux ailes distinctes.

Cet endroit ressemble à un musée. Mais en plus vaste et plus seigneurial. Le grandiose sol de marbre ou de granit, je ne sais pas, est incrusté de motifs indiquant toutes les directions, vers de longs corridors ou d'impressionnantes portes en chêne. Toute la surface des murs et du plafond lambrissés est rehaussée d'élégants détails de marqueterie et de moulures en chêne, et de gigantesques portraits dans des cadres à dorures sont accrochés si haut qu'il a fallu probablement une échelle de dix mètres pour les suspendre. La pointe de ma chaussure Prada repose sur un tapis à motifs de couleurs vives, dont chaque extrémité est ornée de glands.

Ces gens-là ont de l'argent. Avec un A majuscule. Plus qu'il n'en faut. À tous les coups, ils possèdent un jet privé quelque part au fond du parc, et leur propre piste d'atterrissage.

– Viens. Suis-moi.

Je m'attends presque à entendre l'écho de sa voix dans cet espace caverneux, mais pas du tout. Elle se dirige vers l'escalier et je lui emboîte le pas mais, alors que je monte sur la première marche, mon talon s'accroche et je tombe lourdement sur les genoux.

Et là c'est la débandade. Je fonds en larmes et m'affaisse sur la deuxième marche. Je n'en peux plus. Je ne comprends strictement rien à ce cirque et je m'en fiche. Tout ce que je souhaite, c'est que ça cesse. Je voudrais être à la maison, heureuse et insouciante, mais je suis si loin de chez moi que je n'ai *aucune idée* de l'endroit où je suis. Pourquoi ça m'est arrivé à moi ? Qu'ai-je fait pour mériter une poisse pareille ?

J'avais déjà les idées noires ce matin, c'est mille fois pire maintenant. Qu'est-ce qui pourrait encore aller de travers ?

– Rebecca ?

La fille redescend jusqu'à moi et quand elle me touche l'épaule, je tressaillis et me dérobe.

Je ne sais pas combien de temps il me faut pour me ressaisir, refouler mes larmes et m'essuyer le nez dans l'épaule de mon tee-shirt, mais quand je relève la tête, elle est toujours là.

– Je... euh, je suis désolée. Ça a été... un long voyage.

Elle hoche la tête comme si elle comprenait, et je m'essuie les yeux.

Je la suis sans dire un mot jusqu'en haut des marches. Emily me précède dans un couloir interminable flanqué d'une multitude de portes, jusqu'à ce que je ne voie même plus l'escalier derrière moi. La maison est sombre et oppressante, les lueurs des bougies tremblent sur notre passage et font danser nos ombres.

Elle m'ouvre une porte et me fait signe d'entrer, marmonne quelque chose au sujet d'une bonne, et s'en va.

J'entre, referme la porte derrière moi et vais vers le lit. Je me jette dessus, j'enfouis mon visage dans un oreiller moelleux et pleure toutes les larmes de mon corps.

5

Il y a une femme dans ma chambre. Je le sais avant de la voir parce que j'entends des sortes de grognements, qui accompagnent un genre de raclement. Je me redresse d'un bond sur le lit, la couverture tirée sous le menton.

Et là, je me souviens. Hier soir... la marche dans les bois... tous ces gens qui font semblant de vivre au temps jadis. Soudain j'ai la poitrine creuse et meurtrie, un cafard énorme. Je me mords la lèvre, très fort, pour éloigner les larmes.

J'étais censée me réveiller à l'hôtel. Rire de ce drôle de rêve. Ou même rouvrir les yeux à l'hôpital, victime d'un traumatisme crânien. Ça ne pouvait pas être réel.

Il n'était pas question que je me réveille ici.

Et pourtant me voilà, dans la même chambre à coucher qu'hier soir. Elle est plus grande que le salon de mes parents, et je crois que le lit à baldaquin ne tiendrait même pas dans ma chambre. Les murs sont d'un jaune d'or que je n'avais pas remarqué hier à la faible lueur des bougies. Un feu crépite. Quand l'a-t-on allumé ? Ses flammes dansent sous un manteau de cheminée peint en blanc et rehaussé de doré.

Ces gens-là sont de vrais enragés de la dorure. Il y a des sculptures autour de toutes les portes et de toutes les fenêtres, dont la peinture est assortie à celle de la cheminée. Pas une seule surface ici n'est laissée nue. Le moindre pan de mur s'orne de tableaux, de moulures ouvragées ou de tapisseries décoratives qui en couvrent la moitié. Même les rideaux, négligemment ouverts, sont d'une éclatante couleur ambrée. La hauteur des plafonds est impressionnante, au moins dix ou douze mètres.

J'ignore où j'ai débarqué mais c'est immense, luxueux et *opulent*. On dirait un bed-and-breakfast pour riches aristocrates ou quelque chose dans ce genre.

C'est une domestique qui m'a réveillée. Ça se voit à sa robe noire toute simple, à ses cheveux ternes ramenés sur la nuque en chignon. Elle est jolie, même sans maquillage, et son visage sain est une publicité vivante pour lotion anti-acnéique. Son sourire, curieusement, neutralise l'affolement qui m'envahit l'estomac.

Elle traîne une malle, s'arrête devant l'imposante armoire et l'ouvre.

– J'ai quatre robes à votre disposition, dit-elle.

Son accent est étrange. Anglais, mais pas du tout comme celui d'Emily, qui est limite compassé.

– Nous devons nous dépêcher sans quoi vous serez en retard. En votre honneur, le duc va rejoindre mesdemoiselles pour le petit déjeuner.

Je jaillis hors du lit, de nouveau secouée par une bouffée d'affolement.

– Le duc ? Comment ça, le duc ?

Elle me contemple comme s'il m'était poussé une deuxième tête.

– Pardon ?

– Qui est duc ?

– Sa Grâce, bien sûr.

Je la dévisage, mon cœur produisant soudain un tapage assourdissant.

– Un type qui s'appelle Grâce est duc ?

Elle éclate de rire, puis se couvre la bouche comme si sa réaction était déplacée.

– Il ne s'appelle pas Grâce. Il s'agit de lord Alexander Thorton-Hawke. Le duc de Harksbury.

– Alors pourquoi venez-vous de l'appeler Grâce ?

Elle hausse un sourcil.

– J'oublie que vous êtes américaine. L'usage veut qu'on s'adresse à lui, et à n'importe quel autre duc, en disant « Votre Grâce ».

– Oh.

Je m'assieds au bord du lit. Mes jambes tremblent trop pour me soutenir. Ainsi, j'ai atterri chez un duc.

Je comprends maintenant tout ce faste. Mais qu'est-ce que ça signifie ? Fait-il partie de la famille royale ? Il va m'ignorer, fatalement.

Mon Dieu. Et s'il connaissait Rebecca (en d'autres termes, celle que je ne suis *pas*) mieux qu'Emily ? S'il savait que ce n'est pas moi ? Le pouvoir des ducs est immense, non ? S'il me faisait arrêter ou jeter dans des oubliettes ou je ne sais quoi ? Cette maison est gigantesque. Un véritable château. Ils ont un cachot, sans aucun doute. Personne ne me retrouvera jamais. Pas dans un pays étranger au milieu de nulle part.

Je me mets à respirer vite et fort, mon souffle est saccadé. J'ai besoin d'air.

– Vous vous sentez bien ?

Je ne bouge pas ni ne hoche la tête, c'est comme si je ne l'avais pas entendue. Je me contente de fixer des yeux le bout du tapis sous mes orteils.

Pourquoi, mais *pourquoi* ai-je prétendu être Rebecca ? Ça ne marchera jamais. J'aurais dû dire la vérité à Emily. Elle m'aurait sûrement aidée même si j'étais une inconnue. Elle a l'air gentille. Ce n'était pas la peine de me faire passer pour une autre, j'aurais pu simplement lui demander assistance.

Et même si elle ne m'avait pas secourue, je serais repartie à pied. Londres n'est peut-être pas si loin. Je pourrais y être à l'heure qu'il est, au lieu de me retrouver dans la maison d'un duc qui va sans doute me faire décapiter.

Au bout de dix minutes, ma respiration redevient normale et je me sens un petit peu mieux. Il faut juste que je franchisse l'étape du petit déjeuner. Si le duc ne devine pas que je ne suis pas Rebecca dès qu'il pose les yeux sur moi, je devrais pouvoir m'en sortir. Je garderai la tête baissée sur mon assiette et je parlerai le moins possible. Puis Emily m'emmènera en ville et je n'aurai plus qu'à prendre mes jambes à mon cou. Elle n'aura même pas le temps de comprendre.

La bonne reste debout et attend, sans rien dire. Elle ne donne même pas l'impression de me prendre pour une folle, et heureusement. Je ne pense pas que je supporterais ça en plus du reste. Enfin, je réagis et me lève.

Elle sort les vêtements de la malle et les étale au bout du lit. La coquetterie, ce n'est pas exactement mon truc, mais j'ai trop de soucis en tête pour protester.

Je pousse un grand soupir qui me fait du bien, et me concentre sur les habits.

Aussitôt en ville, fini la comédie. Je saute dans le premier taxi et direction l'hôtel. Mme Bentley me tombera dessus parce que je l'aurai fait flipper, on rira un bon coup et la vie continuera. Maman me punira certainement quand je rentrerai à la maison, mais là tout de suite, la notion de « rentrer à la maison » est si miraculeuse que je m'en contrefiche.

Mais au fait, et si les chaussures étaient pour quelque chose dans ce sac de nœuds ? Tout a commencé à l'instant où je les ai enfilées. Elles sont maudites, si ça se trouve.

– Le petit déjeuner sera servi dans vingt minutes. Hâtons-nous.

À l'évocation de la nourriture, mon estomac gargouille si bruyamment qu'on dirait un chat blessé. La bonne fait celle qui n'a rien entendu. Avant que je réalise ce qu'elle est en train de faire, elle m'ôte mon tee-shirt par-dessus la tête et je suis torse nu. Bonjour l'intimité.

Je garde un bras en travers de la poitrine, jusqu'à ce qu'elle m'oblige à le relever afin de me faire enfiler une robe fine qui gratte. Puis elle me retire mon jean et passe d'autres choses par-dessus ma tête, qu'elle lace.

Sérieusement, elle a dû superposer sur moi six épaisseurs de vêtements. Enfin... trois. La robe est d'une jolie couleur pêche, bordée de blanc en bas et au col. Elle noue la large ceinture juste sous la poitrine, façon taille Empire.

Je dois reconnaître que c'est mignon. Je ne mettrais jamais cela à la maison, bien sûr, mais dans cette ambiance ça passe plutôt bien.

Pourtant, maintenant que je suis habillée, j'éprouve le besoin irrésistible de tout arracher. Je ne peux pas porter ça. Je ne peux pas jouer leur jeu et faire semblant de me trouver dans le passé.

Je tourne les talons. Il me faut mon jean. Il me faut... de la normalité.

Mais la bonne me prend par les épaules, me conduit jusqu'à un tabouret et m'y fait asseoir sans cérémonie. Deux secondes plus tard, elle se met à me brosser les cheveux. Sans douceur. Elle a dû en arracher au moins trente au premier coup de brosse car j'ai le crâne en feu.

J'endure en grimaçant l'opération coiffure, et en dix minutes elle a terminé. Du bout des doigts, j'effleure le sommet de ma tête. Elle a fait de mes cheveux une sorte de chignon tressé, entortillé autour de ma tête comme une couronne.

Elle me tend une paire de gants et je m'apprête à les garder simplement à la main, mais je vois qu'elle attend que je les enfile tout de suite. Dans la maison. Ça me paraît un peu stupide mais je m'exécute.

Les mules qu'elle m'a apportées sont beaucoup trop petites. Emily et moi avons le même gabarit mais question pointure, rien à voir. La bonne trouve mes escarpins Prada et, bien que mes orteils soient encore au supplice et que j'aie solennellement décidé que les talons hauts sont le fléau de mon existence, je les enfile. Je ne peux pas rester pieds nus, tout de même.

Lorsque je descends l'escalier en boitillant, ma robe traînant derrière moi sur les marches, je n'ai même plus l'impression d'être moi-même. De la coiffure à la robe d'une époque révolue, je suis devenue quelqu'un d'autre. Je viens d'entrer dans un rêve.

Ou un cauchemar, au choix.

Une servante me fait signe de la suivre le long d'un couloir qui semble ne jamais devoir finir. Cette maison est démesurée, c'est un labyrinthe de portes et de corridors à perte de vue. Ça me rappelle mon lycée. En plus distingué.

Les couloirs sont hauts et larges, et malgré tout un peu sombres. Il n'y a aucune lampe nulle part. Ni aucun interrupteur. Mais des tableaux, des tapis à motifs, d'épais jambages en bois sculpté autour de toutes les portes... La plupart des fenêtres sont dotées de profonds bow-windows munis de banquettes, et d'autres de vitres à petits carreaux, certaines teintées. Cela me paraît un peu rocambolesque de marcher dans ce palace, ainsi fagotée, comme si j'étais à ma place ici.

Je m'arrête, je ferme les yeux et je respire profondément, lentement, en me concentrant sur le bruit que je fais et en tâchant de ne pas prêter attention à la sensation de la robe qui effleure mes jambes. Ce n'est pas réel.

Je rouvre les paupières, mais je suis toujours là.

Mon Dieu, il faut que je me sauve.

Quand j'entre dans la salle à manger, Emily est déjà à table, et je décoche un bref regard aux deux inconnus : une femme empâtée d'une bonne quarantaine d'années, qui semble vêtue d'un napperon géant, et un garçon nettement plus proche de ma tranche d'âge. Serait-ce le duc ? Il doit avoir dix-neuf ans ! Sans me laisser le temps de mieux l'examiner, la femme se précipite sur moi, les bras tendus.

– Mademoiselle Rebecca ! dit-elle en m'étreignant de toutes ses forces. Quel ravissement de vous voir ! Votre voyage a dû être bien rapide pour que vous arriviez à ce point en avance ! Je vous présente toutes mes excuses pour n'être pas venue vous accueillir hier soir.

Je n'arrive plus à respirer. Je suis submergée par la puissante odeur de poudre émanant de cette dame. *Décidément, on ne lésinait pas sur la poudre, autrefois !*

Je suis si choquée par ce que je viens de penser que je me raidis brusquement et m'échappe de ses bras.

Pourquoi me suis-je fait cette réflexion ? Nous ne sommes pas autrefois, ce sont simplement des marginaux qui ont choisi de ne pas vivre dans le monde d'aujourd'hui. Mais je suis toujours au XXIe siècle. Il est impossible que j'aie *remonté le temps*. Absolument impossible.

Je m'oblige à me détourner de la femme pour poser les yeux sur le jeune homme qui se tient à côté d'elle. Et là, j'ai le souffle tout simplement coupé.

Le duc.

6

Ce type est *duc*. Comment peut-il être duc, il n'a que quelques années de plus que moi ?

Il est également habillé à l'ancienne mode, mais pour je ne sais quelle raison, sur lui... c'est différent. Sa veste bleu marine souligne ses larges épaules et sa taille étroite. Son pantalon en daim moule ses longues jambes minces, et ses bottes cavalières en cuir donnent une impression, comment dire... de panoplie ? Et pourtant, malgré son ridicule accoutrement, il a un air cérémonieux et intimidant, et en même temps étrangement sexy. Comment peut-il être si *ultra beau* vêtu de cette façon ?

Il s'avance vers moi et, instinctivement, j'ai envie de reculer. Je parviens à garder les talons rivés au parquet. Il a les cheveux noirs et, de près, je m'aperçois que ses yeux sont d'une nuance de vert éclatante. On dirait presque qu'ils étincellent. Et il est grand. Si nous étions côte à côte, il me dominerait de toute sa hauteur.

Il me dévisage. Je déglutis en soutenant son regard, et j'attends que ça se produise. J'attends le moment où ses yeux vont se plisser, où il va comprendre que je suis une usurpatrice. Mon cœur bat fort tandis qu'il m'observe, le visage impénétrable. Que pense-t-il ? Est-ce qu'il a deviné ? Au secours ! Et s'il y a réellement de sinistres oubliettes dans cette baraque ?

– Mademoiselle Rebecca, dit-il en s'inclinant devant moi.

Et je fais la révérence. Une authentique révérence, comme si c'était parfaitement naturel. Je ne sais même pas comment on s'y prend, mais je croise un pied derrière l'autre et me courbe vers le sol. Cela requiert un certain effort de ma part, mais je ne trébuche pas et je n'accroche pas l'ourlet de ma robe, aussi peut-on considérer que c'est une réussite.

– J'espère que vous avez fait bon voyage ?

Sa voix est magnifique. Profonde et un peu rocailleuse, comme il se doit pour un garçon, avec cet accent anglais si aristocratique.

– Oui, euh, merci.

Je lui décoche un sourire hésitant, mais il se contente de hocher la tête et retourne s'asseoir. Il faut croire qu'il n'est pas du genre à se répandre en effusions.

Je m'approche de la table et prends place à côté d'Emily. Apercevant ses gants posés près d'elle, j'ôte les miens et les laisse sur la table, moi aussi.

Il y a trois domestiques dans la pièce. Ils se tiennent debout dans les coins, silencieux, d'une taille étonnamment semblable : c'est à se demander s'ils ont été engagés par série de trois coordonnés.

Le duc lève un bras et décrit une sorte de mouvement sec du poignet, et ils s'animent aussitôt, s'approchant de moi avec chacun un plat rempli de nourriture. Le premier me présente une montagne d'œufs brouillés.

Zut. Je ne mange pas d'œufs.

– Oh, euh, non merci, je ne suis pas trop portée sur les œufs.

Le silence tombe. Tous les regards sont braqués sur moi.

Je ne suis pas censée parler aux domestiques ?

J'esquisse un sourire à l'attention du duc et de sa mère tandis que le serviteur s'éloigne et qu'un autre s'approche avec du jambon.

Je garde les lèvres obstinément serrées pendant qu'il en sert une généreuse portion dans mon assiette.

J'ai la bouche toute sèche, soudain. Je me tourne vers l'homme qui se tient immobile derrière moi.

– Puis-je avoir de l'eau ?

Confirmation : il ne faut surtout pas leur parler. Les yeux de l'homme se posent sur la vieille dame, comme s'il avait besoin de son autorisation pour me donner à boire.

– Il y a de la limonade devant vous, me dit-elle.

– Ah.

De la limonade, ça ?

J'en bois une petite gorgée et essaye de ne pas m'étrangler. Pas grand-chose à voir avec du soda citron, si vous voyez ce que je veux dire.

Je mourais de faim il y a dix minutes, mais maintenant que je suis assise dans la même pièce qu'eux, j'ai l'appétit coupé. Je ne souhaite plus qu'une chose, que ce petit déjeuner se termine, point barre. J'ai déjà du mal à m'en sortir rien qu'avec le protocole des gants et des domestiques. Fatalement, je vais me trahir. Il faut que je préserve ma fausse identité jusqu'à ce que je négocie mon trajet en ville, et salut la compagnie !

Le siège d'Alex (ai-je le droit de l'appeler comme ça ?) est plus haut que lui, ce qui est un exploit étant donné sa taille. Toute la partie supérieure du dossier est ornementée de détails chantournés, et écrase ses larges épaules. On dirait un trône, en fait. Les ducs font peut-être effectivement partie de la famille royale, donc.

– J'ai été interloquée lorsque Emily m'a raconté que vous portiez un pantalon à votre arrivée, me dit le vieux fossile.

Elle découpe son jambon en tenant délicatement ses couverts en argent.

– C'est terriblement embarrassant.

Et allez. Merci pour la goujaterie. On se demande pourquoi elle se croit obligée de me faire la conversation. Il vaudrait mieux expédier le petit déj' au plus vite et qu'on n'en parle plus. J'ai un groupe à rejoindre, moi.

Mais elle me considère en attendant une réaction. Bien assise sur sa chaise, elle porte délicatement à ses lèvres de petites quantités de nourriture sans même incliner le buste.

Autant m'en tenir à ma version des faits.

– Oui, c'est que... mes vêtements plus jolis ont été perdus. Je n'ai pas eu le choix.

Une nouvelle bouchée, et pendant une seconde bénie je crois qu'elle en a fini avec moi. Hélas, je n'ai pas cette chance.

– Je crois savoir que votre père a veillé à ce que vous poursuiviez vos études ?

Encore une minuscule bouchée. Cette femme picore tel un vrai oiseau. Par comparaison, j'ai l'impression d'être un ostrogoth.

J'opine de la tête en essayant de trouver une réponse sans conséquence.

– Oui, bien sûr. Je suis particulièrement douée en sciences et en maths.

Ses lèvres s'ourlent avec dédain.

– Ce sont des sujets si masculins ! Ne vous a-t-on point enseigné les arts ? Le français ? La musique ?

Masculins ? Eh là, pour qui elle se prend, la bonne femme ? Elle a de la chance que je sois obligée d'être polie avec elle.

– Oh, euh, si, naturellement. J'adore aussi la littérature et la poésie, dis-je.

En toute franchise, je ne raffole ni de l'une ni de l'autre. Les sciences et les mathématiques sont des disciplines simples et sans équivoque. La poésie ? C'est tellement abstrait et difficile à interpréter... Je ne comprends jamais vraiment ce que veut dire le poète. C'est Katie qui a fait la moitié de mes devoirs de littérature, cette année, pour que je m'assure la moyenne.

– Dieu merci, me voilà rassurée. Votre mère était la petite-fille d'un marquis, vous savez. Vous n'êtes peut-être pas titrée, mais vous pouvez toujours vous raccrocher à cela, n'est-ce pas ?

Hein ? Elle parle sérieusement ? Je serais censée me raccrocher à je ne sais quel parent éloigné dans le but de me sentir suffisamment digne d'estime ? J'en suis encore à me demander par où commencer pour lui dire le fond de ma pensée quand elle reprend la parole. C'est reparti pour un tour. Je grince des dents et inspire profondément.

– Emily me dit que vous avez l'intention d'aller en ville ce matin ?

J'acquiesce de la tête et enfourne une nouvelle bouchée de jambon salé. Si elle continue jusqu'au bout le jeu des vingt questions, je sens que je vais laisser échapper une gaffe.

Elle m'adresse un sourire compassé.

– J'aimerais beaucoup venir avec vous...

Oh non, pitié !

– Mais je dois m'occuper de ma correspondance. Une autre fois, peut-être.

J'approuve d'un hochement de tête et m'efforce de simuler un minimum réglementaire de déception, mais à mon avis, ça ne fonctionne guère. Elle m'ennuie déjà, avec son petit nez retroussé et ses grands airs de reine de beauté, comme si elle valait mieux que tout le monde à cette table.

Je fais mon possible pour me désintéresser d'elle et

donner l'impression que le tableau représentant un étang et des oies est la chose la plus passionnante que j'aie jamais vue. Il est accroché au-dessus d'une autre cheminée luxueusement ouvragée dans laquelle rougeoie, cette fois, du charbon de bois. Bien qu'on soit en été, il fait froid ici, malgré le soleil entrant à flots par les grandes fenêtres cintrées. Il y a des piliers de chaque côté de la cheminée, et des bustes sculptés perchés en équilibre dessus.

Je me demande si ces sculptures en marbre représentent le duc lui-même. De ma place, impossible de savoir. Quoi qu'il en soit, cette idée m'amuse. Je vois très bien ce genre de type demander une sculpture en pierre de sa propre personne. Il doit être assez narcissique, pour être aussi avare de paroles. Ses intenses yeux verts sont trop occupés à se concentrer sur son assiette pour qu'il s'intéresse à quelqu'un d'autre.

Enfin, Emily prend la parole. Elle a gardé le silence presque tout le temps, elle qui était si exubérante hier soir. Je me demande si c'est à cause de cette vieille chouette rasoir. Emily lui sourit, mais cela n'éclaire pas ses yeux noisette.

– Avez-vous l'intention de vous joindre à nous pour le bal champêtre demain, Victoria ?

Le bal champêtre ? Curieusement, je n'arrive pas à me représenter cette dame – Victoria, je suppose – en train de danser.

Elle secoue la tête si vigoureusement qu'elle en agite ses boucles grises.

– Non, je ne compte pas m'y rendre. Je crois que je resterai plutôt me reposer. J'ai l'impression que je couve quelque chose. Peut-être Rebecca pourrait-elle vous y accompagner ?

Elle se tourne vers moi.

– Nous ne vous attendions pas si tôt, mais je suis certaine que votre compagnie serait tout à fait bienvenue au domaine de Pommeroy.

Je me contente de sourire en hochant la tête. Je serai partie depuis longtemps avant le prochain bal champêtre, mais je tiens ma langue. La seule *idée* de me rendre avec ces dingos à un bal champêtre est à pleurer de rire.

Le silence retombe autour de la table pendant l'intégralité de deux secondes et quelques poussières, puis l'ancêtre me regarde à nouveau.

– Et où donc se trouve votre père ? Je ne puis croire qu'il vous ait autorisée à effectuer un si long voyage sans chaperon.

Je la fixe des yeux. Je n'ai pas éveillé ses soupçons, j'espère ? Et si toutes ces questions étaient destinées à me pousser dans mes retranchements pour me faire mentir ?

– Oh, non, il est plutôt d'une nature confiante, dis-je.

Qu'attend Emily pour me soutenir ? Elle reste là, assise parfaitement droite dans sa robe vert d'eau, à mastiquer silencieusement un gâteau sec.

Victoria pince les lèvres, ce qui accentue les fines rides de son visage. Correction : elle doit friser le cap de la cinquantaine.

– C'est néanmoins faire preuve d'un bien grand laisser-aller. Vous auriez dû être élevée dans une maison convenable. Dites-moi, s'est-il déjà préoccupé de vos perspectives matrimoniales ? Votre mère était une très chère amie à moi, mais malgré cela je crains qu'il n'ait nui à vos intérêts en ne se remariant pas.

Je m'étrangle sur mon gâteau. Elle se prétend une chère amie de ma supposée défunte mère et dans la foulée, elle déplore que mon père ne se soit pas remarié ? Cette femme me déplaît souverainement.

– Euh, je...

J'avale lentement ma bouchée.

– Je n'ai pas l'intention de me marier avant d'avoir trente ans.

– Trente ans ! s'exclame-t-elle. C'est grotesque ! Je ne puis croire que l'on en soit arrivé là en Amérique. Comment escomptez-vous vivre, en attendant ? Je me dois d'écrire immédiatement à votre père, il semble vous accorder une liberté excessive !

On nage en pleine aberration. Elle s'imagine qu'elle n'a qu'à envoyer un mot à mon paternel pour qu'il m'expédie séance tenante à l'église ! Si elle savait que mon père n'en a rien à faire de moi...

– Je me débrouillerai très bien toute seule. Je n'ai pas *besoin* d'un garçon, tout de même.

J'ai un peu l'impression de justifier vis-à-vis de moi-même mon statut de fille-sans-petit-copain. Quand je fais ce genre de soliloque, je me conforte dans l'idée que ça n'a aucune importance si je n'intéresse pas vraiment les garçons. Là, j'ajoute que d'ailleurs je n'ai même pas envie d'être en couple, puis je souris au miroir, du style « j'y crois à fond ». Mais en réalité, je suis mûre pour qu'un prince charmant vienne me faire tourner la tête comme dans tous ces films idiots que je regarde avec un bol de pop-corn en guise de compagnie.

Mais pas la peine de confier mes petits secrets à Victoria. Elle paraît décontenancée, comme si j'avais dit quelque chose d'impoli. Je me mords la lèvre presque jusqu'au sang. Il faut que je me taise, sinon ça va dégénérer en *Trisha Marks – le retour* : je vais laisser échapper une insanité et me fourrer dans un nouveau pétrin. À quoi bon discuter ? Je ne devrais même pas la laisser me jeter l'hameçon.

– Mais à quelles ressources entendez-vous recourir ? Vous vous exposez à une existence extrêmement difficile. Il est inconcevable que vous vous en sortiez toute seule.

Je me fais violence pour me taire, mais c'est raté. Les mots jaillissent en vrac :

– Ça n'a rien de compliqué. Du reste, si le mariage équivaut à ce pour quoi vous semblez le prendre, très peu pour moi. Je préfère rester célibataire toute ma vie ! Par conséquent, vous pouvez renoncer à planifier mes noces, je m'en passerai volontiers !

J'écarte mon assiette si vivement que la moitié de son contenu se renverse sur la belle nappe blanche. Toute cette ambiance surréaliste me sort soudain par les yeux et je me sens perdre mon self-control.

– Vous allez modérer vos propos, ma petite demoiselle !

J'en ai ras le bol. Je repousse ma chaise en arrière, elle bascule et manque heurter le domestique qui s'était approché pour la rattraper. Tout s'écroule autour de moi, et je craque.

– Certainement pas ! Je ne sais pas pour qui vous vous prenez, ni à quelle comédie vous vous prêtez tous autant que vous êtes, mais vous n'avez aucun droit de vous immiscer dans *ma vie*.

En un clin d'œil, je pivote sur mes talons dans un tournoiement de jupes et je me rue vers la porte. Sur le seuil de la salle à manger, je me retourne pour jeter :

– Vous êtes tous complètement fous.

Et je disparais en courant. Je ne sens même plus la douleur ni les ampoules à mes pieds, et les larmes me brouillent la vue.

Qu'est-ce qui me prend, bon sang ? Je viens d'envenimer encore les choses. Je sais bien que j'ai besoin d'eux pour sortir d'ici. Mais c'est trop tard, je ne peux plus m'arrêter.

Au bout du couloir, je tombe sur le vestibule, où un homme m'ouvre la porte, et je me rue dehors comme si la réalité allait m'attendre de l'autre côté, comme si je pouvais en finir avec tout ce délire.

Rien de tel, bien sûr. Je ne vois que des pelouses à perte de vue, et la courbe d'une longue allée. Je suis toujours là, dans cette robe ridicule.

J'entends la porte se rouvrir et je fais volte-face en priant le ciel pour que ce soit Emily, mais non.

C'est le duc. Dès l'instant où je vois la pointe de ses bottes en cuir, quelque chose tressaille dans ma cage thoracique. Mes yeux remontent le long de ses jambes, sa taille et sa poitrine, et lorsque je vois son visage j'ai le cœur qui flanche. Il est hérissé de colère. En une demi-seconde et deux foulées si longues et si énergiques que je dois résister à l'envie de détaler en courant, il a franchi le perron.

– Puis-je vous rappeler que vous êtes ici sous mon toit ?

Sa voix est tellement tranchante que je ne peux pas m'empêcher de sursauter. J'ouvre la bouche pour répliquer, mais je ne sais absolument pas quoi dire. Il n'attendait apparemment pas de réponse, de toute façon, car il enchaîne :

– Vous venez peut-être d'Amérique, mais vous êtes en Angleterre, et vous feriez bien de vous plier aux usages de la société. Je vous interdis d'insulter la duchesse douairière.

– Alors dites-lui qu'elle me fiche la paix !

Il fait encore un pas en avant, et n'est plus qu'à quelques centimètres de moi.

– Il se peut qu'il soit admissible de parler sur ce ton, d'où vous venez. Mais dans mon milieu, nous respectons nos aînés et nos supérieurs.

– Elle n'est pas ma supérieure. Et vous non plus.

– Mon rang est plus élevé que le vôtre, dit-il presque

en crachant ses mots, et en se rapprochant encore imperceptiblement.

– Et alors ? Valez-vous pour autant mieux que moi ?

Je campe une main sur ma hanche et forme un poing avec l'autre.

– Précisément ! tonne-t-il.

– Ça alors... Vous êtes incroyable ! dis-je. Je n'ai jamais rencontré une personne aussi arrogante de toute ma vie.

– Ah non ? Eh bien moi je n'ai jamais rencontré une personne aussi insolente. Et vous n'êtes certes pas la *Rebecca* docile et rangée qu'attendait ma mère.

Mes lèvres s'entrouvrent légèrement et je soutiens son regard, mais la frayeur vient s'ajouter à ma colère. Pourquoi avoir insisté sur le prénom *Rebecca* ? Que veut-il dire ? Sait-il que ce n'est pas moi ?

J'essaie de retenir ma fureur, mais elle m'échappe peu à peu.

Sans autre explication, il tourne les talons et s'éloigne. Et je me retrouve seule, face à la porte qui claque derrière lui.

7

Je suis presque en bas du perron lorsque j'entends des bruits de carriole ou de charrette venant du côté de la maison. Je m'arrête, un pied sur l'allée pavée et l'autre sur la dernière marche en pierre. À cet instant, Emily franchit la porte, son visage angélique éclairé par un sourire espiègle.

– Je n'ai jamais vu la duchesse aussi outrée de toute sa vie !

Elle glousse et, en dépit de la situation, je lui rends son sourire. Je n'arrive pas à croire que j'en suis encore capable, après ce qui s'est passé.

J'ai presque envie de l'emmener avec moi quand je repartirai. Elle ne mérite pas de vivre ici avec ces gens. Ils sont tous méchants et cinglés, alors qu'elle est adorable, de la pure fraîcheur.

Je refuse de m'inquiéter à l'idée que le duc est peut-être en train de préparer mon cachot et je me tourne vers la voiture qui s'approche, tirée par deux chevaux noirs à la robe luisante. Interdite, je les regarde pendant ce qui me paraît être une éternité en me demandant si je dois réellement monter dans cet engin. Puis je me pince. Je me pince le bras pour de vrai, en y imprimant une vilaine trace rouge, mais je suis toujours là. Hier, je buvais un Coca dans un café londonien du XXIe siècle en me lamentant de ne pas avoir d'amies... et regardez-moi un peu maintenant. Les cheveux nattés, une robe d'autrefois sur le dos, je m'apprête à grimper dans un carrosse. Un authentique carrosse tiré par des chevaux. Tandis qu'un laquais m'aide à y prendre place, je demande à Emily :

– Et, euh, la ville est loin d'ici ?

– À près de vingt kilomètres, me répond-elle.

Assise sur un banc de la voiture, elle arrange ses jupes.

Mon cœur fait un petit saut périlleux. Si Londres se trouve effectivement à vingt kilomètres, comment suis-je arrivée si loin ? La calèche tourne à gauche en sortant de Harksbury, et j'ajoute mentalement plusieurs kilomètres par rapport à l'endroit où je me suis réveillée. C'est absurde. Qui conduirait une personne à vingt-cinq kilomètres de l'endroit où elle s'est évanouie pour l'abandonner au milieu d'un bois ? Et même si c'était le cas, à vingt-cinq kilomètres de la capitale, l'environnement peut-il être aussi... rustique ?

La seule explication tordue que je m'étais forgée s'effrite et, à mesure que je regarde défiler le paysage, une nouvelle hypothèse commence à s'insinuer dans mon esprit.

La route est accidentée et chaque soubresaut m'éjecte presque du siège. Les rideaux sont ouverts et noués sur les côtés pour laisser passer la lumière. Je suis stupéfiée que cet engin soit si bruyant et rempli de courants d'air. Nous croisons deux autres voitures à cheval, et j'y vois des domestiques portant exactement le même genre de costume que ceux qui nous conduisent. Emily babille, me parle de la famille royale, d'un bal ou d'un masque ou de je ne sais quoi, et soudain une idée me vient.

– Attends, euh, j'ai un trou de mémoire... Qui est le roi, en ce moment ?

Elle éclate de rire et me donne une petite tape taquine sur le bras.

– L'Amérique est un pays si isolé, n'est-ce pas ? Un océan sépare nos continents ! Ce n'est plus vraiment le roi qui nous dirige, bien entendu. Notre monarque est le prince régent.

Je ravale la boule qui m'obstrue la gorge. L'an dernier, j'ai dû suivre des cours sur l'histoire du monde, et je me souviens de plusieurs chapitres concernant les familles royales d'une douzaine de pays différents. Un prince régent... L'Angleterre n'en a plus connu depuis le début des années 1800.

Je vois. Ils jouent le jeu à fond. Ils doivent avoir des cahiers qu'ils consultent tous les soirs pour être sûrs de bien respecter l'authenticité.

Pas terrible, l'argument, et il n'a plus guère de sens. Car alors, pourquoi les maisons que je vois défiler sont-elles toutes plus vieilles les unes que les autres ?

Pourquoi les routes sont-elles clairement préhistoriques, truffées de nids-de-poule et de flaques de boue ?

Pourquoi n'ai-je pas vu un seul détritus, aucun lampadaire, aucune voiture ordinaire ? Un frisson me traverse le corps. Ce n'est pas normal. Tout ici est... bizarre et décalé.

Zut à la fin, je suis assise dans un carrosse !

Emily doit sentir que je n'ai pas envie de lui parler, car elle se tait et me laisse regarder dehors. J'ai l'impression que tout va de plus en plus vite, et le poids dans mon estomac devient peu à peu insupportable.

Si c'était une mascarade, il y aurait bien quelque chose, non ? Un indice, un anachronisme qui viendrait trahir ce faux décor. Mais si je commence à admettre que je ne suis pas forcément entourée de fous, que tout cela n'est peut-être pas factice, qu'est-ce que ça signifie ?

Une heure plus tard environ, nous nous rapprochons de la ville et les constructions sont sensiblement moins éloignées les unes des autres ; enfin, le carrosse s'arrête contre le trottoir. Je saute à terre si précipitamment que le laquais qui s'apprêtait à m'aider manque tomber.

– Désolée ! dis-je.

Et je me précipite vers la boutique la plus proche pour écraser mon nez contre la vitrine. Il y aura inévitablement un détail : un magazine, une rallonge électrique orange, un gobelet de café Starbucks.

Rien. Je cours dans la rue inspecter la boutique suivante. Je sens qu'Emily me contemple, les pieds vissés à l'endroit où je l'ai laissée.

Toute cette ville... ce village... rien ne cloche. Et ce n'est absolument pas Londres. Je suis loin, très loin de l'hôtel et de tout ce que je connais.

Je reviens vers Emily en traînant des pieds de vingt kilos chacun.

Emily fait tournoyer une jolie ombrelle frangée de ruches et me dévisage avec l'air de se demander ce que je peux bien être en train de fabriquer.

– Euh, alors, j'ai une question, dis-je.

Elle me prend déjà pour une folle. Et ça ne va pas s'améliorer.

– Oui ?

– On est en quelle année ?

Elle s'esclaffe.

– Je ne doute pas que le voyage t'ait paru épouvantablement long, mais ta dernière lettre ne remonte qu'à un mois. Nous sommes encore en 1815.

1815. Ben voyons.

– Je veux dire, pas ici.

J'englobe du bras notre voisinage immédiat.

– Je parle du monde réel. Du monde *entier*, pas seulement de votre microcosme.

J'agite les mains pour mieux étayer mon propos.

– Je crains de ne pas saisir ce que tu entends par là, me répond Emily.

Et là, je m'écroule par terre. La ville était censée signifier mon salut. Je devais y trouver un téléphone, un taxi, quelque chose de rationnel. Parce que depuis l'instant où j'ai trébuché dans ces stupides chaussures à talons, plus rien ne l'est.

Je ramène mes genoux contre moi et y enfouis mon visage. Les jupons de ma robe pêche me grattent les joues, mais je m'en fiche. Le tissu devient tout humide de larmes.

Emily est debout à côté de moi. Je vois juste le bas de sa robe dans le flou étincelant de mon champ de vision.

– Rebecca ?

Sa voix exprime son inquiétude. Elle remue sur ses pieds, hésitante, et je vois sa jupe onduler.

J'ai envie de lui hurler : « Callie ! Je m'appelle Callie ! ». Mais je ne peux pas. Et si j'étais définitivement coincée ici ? Si j'étais condamnée à garder mon identité d'emprunt pour toujours ? Mais non, impossible. La vraie Rebecca va arriver. Dans un mois, d'après Emily. Et ensuite ?

Mon Dieu, comment la situation a-t-elle pu dégénérer ainsi ? Je pars pour un voyage d'été à l'étranger et je me retrouve presque deux cents ans en arrière !

À mon avis, ce n'était pas ça, le programme, quand ils nous parlaient d'étudier l'histoire de l'Europe.

Par quel moyen un phénomène pareil a-t-il pu se produire ? Je n'ai pas sauté dans un trou noir, je n'ai pas essayé d'inventer une machine à voyager dans le temps... C'est arrivé d'un coup, bam ! Me voilà ici. J'ai la gorge endolorie et mes bras et mes jambes pèsent une tonne. Je ne veux pas bouger. Plus jamais.

– Euh... Rebecca ? répète Emily.

Je ne veux pas être Rebecca. Je veux me blottir dans un coin et fermer les yeux, et voir des voitures et un nuage de pollution au moment où je les rouvrirai.

Mais si je continue à me conduire aussi bizarrement, Emily va se mettre à me surveiller. De très près. Et il n'en est pas question, car elle finira par se dire qu'il vaudrait mieux envoyer sa chère petite Rebecca dans un asile de fous. J'ai entendu bien trop d'histoires atroces sur les asiles d'autrefois pour courir ce risque. Elle ne doit donc pas savoir que je m'appelle Callie Montgomery et que je suis une lycéenne du XXIe siècle. Si je raconte à tout le monde que je voyage dans le temps, ça ne fera qu'aggraver mon cas.

– Euh, oui, pardon, dis-je d'une voix enrouée. Je crois que c'est le contrecoup de l'épuisement. Et la ville... euh... a beaucoup changé par rapport à mon souvenir.

Je me relève et essaie d'épousseter ma robe.

– Oh, je n'y avais pas pensé ! Bien sûr, elle s'est considérablement agrandie, n'est-ce pas ? Ma maison se trouve à une longue journée de route et malheureusement, je ne puis venir aussi fréquemment que je le souhaiterais. J'ai été très impressionnée par la croissance de ces dernières années.

Sa voix exprime une évidente fierté, comme si elle s'enorgueillissait de la dimension de cette ville, alors que je suis quasiment certaine que de là, j'en vois l'autre extrémité.

Je hoche la tête mais je ne dis plus rien, la gorge serrée.

Il faut bien l'avouer, je veux retrouver ma maman. Même si ça me donne l'impression d'avoir cinq ans et non quinze.

Emily se retourne et marche vers le carrosse, mais je reste figée sur le trottoir. On ne peut pas rebrousser chemin. Pas encore. Je n'en ai pas terminé avec ce patelin. Il existe forcément quelque chose ou quelqu'un qui pourrait m'aider.

Au premier pas que je fais, mon pied se prend dans un pavé. Je me rétablis et évite de justesse de m'étaler face contre terre.

Mon Dieu ! Les chaussures ! Et si tout venait des chaussures ? C'est exactement ce qui s'est passé devant chez Prada. Peut-être que je devrais acheter une nouvelle paire de chaussures et les porter, et avec un peu de chance, ça règlerait l'imbroglio ?

Je me retourne pour scruter la rue. Je ne risque pas d'y trouver une boutique Prada. Mais il faut bien que les gens se chaussent, non ?

Je passe devant plusieurs magasins et examine leur contenu à travers la vitrine. Il y a forcément un cordonnier.

– Rebecca ?

J'entends la voix d'Emily alors que je passe devant une autre boutique. Les chaussures vont tout arranger. Je vais enfiler une de ces drôles de mules d'époque et, à peine sortie de la boutique, je serai de retour à Londres. Mes escarpins Prada sont tout simplement maudits, voilà.

Je m'arrête devant une autre boutique. Dans la vitrine, j'aperçois de petites tasses à thé. C'est invraisemblable. Les filles ne s'intéressent donc pas aux chaussures, ici ?

Eh, une seconde ! Même si je localisais l'article, comment serais-je censée payer ? Je n'ai peut-être pas besoin des chaussures à proprement parler. Il suffit peut-être d'ôter mes Prada. Je déboucle les brides sur le dessus de mon pied droit, saisis par le talon l'objet du crime, et je le jette au loin. Libérée, j'en fais autant avec la chaussure gauche.

Et maintenant ?

Est-ce que je devrais tomber ? Exprès ?

C'est de cette façon que tout a commencé. Je me suis cogné la tête sur le trottoir. J'examine les gros pavés sous mes orteils nus. Ils ont l'air horriblement *durs*.

Et si je me fais une fracture du crâne ? L'année dernière, Mike Lange, notre quarterback numéro un, a dû rester sur la touche pendant deux matchs à cause d'une commotion cérébrale. On a perdu les deux rencontres à cause de ça, mais il paraît que s'il lui arrivait de nouveau la même chose dans les quinze jours suivant le premier choc, il risquait une lésion cérébrale.

Et ça ne doit pas être très marrant.

Emily toussote. Je me mordille la lèvre en contemplant mes chaussures sur le trottoir. Suis-je devenue folle ? Je viens de catapulter des pompes à quatre cents dollars à l'autre bout de la rue.

– Veux-tu que nous retournions à Harksbury ? Ton voyage a dû te fatiguer plus que tu ne t'y attendais. Tu as besoin de bien te reposer, ne crois-tu pas ?

Elle me regarde comme si j'étais un peu fêlée, son joli petit nez tout plissé et ses yeux noisette étrécis.

Comment retourner là-bas après les avoir tous insultés ? Finalement, me cogner le crâne par terre ne serait probablement pas pire.

On se calme. C'est ce que disent toujours les gens en cas d'urgence. Il faut garder son calme, et la situation finira par s'arranger.

– Oui, tu as raison. Je vais juste, euh... je vais ramasser mes chaussures.

Clopin-clopant, je vais les chercher, j'y fourre mes pieds nus et je suis Emily en direction du carrosse. Les domestiques ne disent rien, mais je sens leur regard dans mon dos. Il faut absolument que je me ressaisisse. Je ne peux pas disjoncter comme ça et faire une démonstration de lancer de poids avec mes chaussures.

Si je garde les idées claires, je trouverai peut-être un vrai plan.

Mais en attendant, je m'appelle Rebecca. Je suis une jeune fille de bonne famille en pleine Régence anglaise. Je porte des robes et je fais la révérence.

Je suis à ma place.

8

Cela fait vingt minutes que je suis assise sur la banquette devant la fenêtre de ma chambre, le front appuyé contre la vitre fraîche, lorsque j'aperçois Alex. Debout dans ce qui doit être la cour intérieure, face à l'écurie, il s'adresse à un palefrenier. Il y a combien de domestiques, ici ? Ces gens doivent être fabuleusement riches. J'en ai déjà vu près d'une vingtaine entre les jardiniers, les bonnes, le majordome, les valets... plus un ou deux cuisiniers, vraisemblablement.

Je l'étudie, sachant qu'il ne peut pas se savoir observé. Ses cheveux sont un peu plus longs que je le croyais, son allure me fait penser à Orlando Bloom dans *Pirates des Caraïbes*. Sa redingote a des basques plongeantes, que je n'avais pas remarquées ce matin, et même d'ici je vois qu'elle est parfaitement ajustée.

Franchement beau gosse, d'accord, mais il a quand même l'air tout droit sorti d'un clip des Village People. Je ricane, et c'est à cet instant précis qu'il se retourne et lève la tête. Il est impossible qu'il m'ait entendue, mais j'ai l'impression d'avoir été prise en faute. Je recule si vivement que je tombe à la renverse et atterris lourdement sur le tapis. Bien qu'il amortisse un peu la chute, j'ai le souffle coupé. J'ai beau m'appliquer pour incarner Rebecca, voilà, je viens de faire du Callie-la-calamité pur jus. Je reste longtemps à fixer le plafond, à reprendre mon souffle et à me demander s'il a vu que je louchais sur lui. Il sait quelle chambre j'occupe, non ? Même s'il n'a pas reconnu mon visage, il a dû deviner que c'était moi. Mes jupes sont étalées en corolle autour de moi, et je les entortille entre mes doigts tout en essayant de décider si je dois être gênée.

Je rampe jusqu'à la banquette et je regarde discrètement au ras de la fenêtre, mais déception : il est parti. La vaste étendue de pelouse est déserte. Est-ce pathétique de ma part d'avoir eu envie de l'observer ? C'est peut-être un imbécile, mais au moins, il est physiquement intelligent.

Je me redresse, regagne mon lit et me laisse tomber dessus en poussant un profond soupir.

Je suis débrouillarde, non ? Je devrais réussir à élaborer un plan efficace pour retourner au XXIe siècle.

Malheureusement, sans Wikipedia ni Google, je suis perdue. Je connais des tas de choses bien sûr, mais qui ne me servent à rien, vu le contexte : la classification périodique des éléments, comment calculer une équation mathématique à quatre variables interdépendantes, la relation symbiotique entre le grand requin blanc et son commensal, le rémora. Érudition aléatoire et parfaitement inutile.

Même mon année de physique avancée ne me sera d'aucun secours : nous n'avons pas eu de chapitre sur les voyages dans le temps.

Je me relève et avance à pas de loup jusqu'à la porte, que j'entrouvre. Personne dans le couloir.

Bon, je vais explorer le château. Je trouverai peut-être un téléphone caché quelque part qui me prouvera qu'Emily ment au sujet de l'année 1815. Ou bien je tomberai sur un domestique en jean Old Navy.

Ma chambre se trouvant au premier étage de l'aile ouest, tout au fond, je ne peux que me déplacer vers l'entrée principale. Il y a des portes de chaque côté du couloir. Je colle mon oreille sur la première. Silence.

Je tourne la poignée et ouvre la porte, et grimace en l'entendant grincer. Ce n'est qu'une autre chambre, un peu plus petite que la mienne. Celle-ci possède un papier peint rouge hideux dont les fleurs décrivent des spirales sur de longues bandes rayées verticales, et le tapis est exactement de la même nuance écarlate.

Quelle horreur. Je ne trouverai rien d'exploitable ici.

Je ressors et poursuis ma progression dans le couloir. Je passe la tête dans deux autres pièces et y vois encore des lits. Combien de chambres faut-il dans une maison ? Je n'ai même pas encore vu celles d'Emily ni de Victoria, ni celle d'Alex. Ça fait donc déjà au moins sept ou huit chambres à coucher... sans compter les quatre-vingt-dix pour cent restants de ce modeste logis.

Je sais bien qu'il est duc, mais franchement, ce n'est pas un peu exagéré, là ?

Je fais l'impasse sur les deux pièces suivantes, supposant que ce sont encore des chambres. Vers le bout du couloir, j'avise une double porte, ce qui signifie qu'il doit s'agir d'autre chose. Voyant une servante monter l'escalier, je fais mine de m'arranger négligemment les cheveux, le temps qu'elle disparaisse dans une chambre.

J'ouvre un des battants et glisse ma tête à l'intérieur. Une bibliothèque. Malgré moi, je souris à dents déployées. Je vais forcément trouver quelque chose ici dont je pourrai tirer profit. Des livres modernes, qui sait ? Ou même simplement de vieilles publications dans lesquelles glaner des renseignements utiles.

Je respire l'odeur du papier et des livres tandis que je referme la porte derrière moi. Des dizaines d'étagères s'étirent sur une enfilade de rangées. Elles sont plus hautes que moi et je vois même une de ces vieilles échelles accrochée au mur.

Je passe les doigts sur le dos des volumes en déambulant dans les allées et en parcourant les titres. *Utopie. L'Avare. Robinson Crusoé.* Katie passerait immédiatement en mode rat de bibliothèque si elle voyait tout ça... Elle est accro à la littérature, en particulier s'il s'agit d'éditions originales. Elle collectionne les bouquins comme d'autres les amis sur MySpace.

Les livres ont tous des reliures en cuir, et ce sont de vieux titres. Je m'arrête devant un rayon d'œuvres de Shakespeare. *Othello. Roméo et Juliette. Songe d'une nuit d'été.* Je tire *Hamlet* et y jette un œil, mais le repose à sa place.

Je passe devant la section des ouvrages de philosophie, puis d'astrologie. Je parcours toutes les allées, m'arrêtant çà et là, mais sans sortir aucun recueil. Je ne sais pas exactement ce que je m'attendais à dénicher. Le *Guide de l'imbécile en voyage dans le temps* ?

En tout cas, rien ne m'inspire.

Je contourne la dernière étagère et vais m'affaler sur le canapé. Toute cette histoire me met à plat. J'ai envie d'être chez moi. Dans mon lit. J'ai envie de me réveiller et de regarder les dessins animés du samedi matin devant un bol de céréales. Je m'adosse à un coussin, ma robe drapée au-dessus de mes jambes retombe jusqu'au sol.

Allons, qu'est-ce qui me prend ? Ce n'est pas en traînant dans cette bibliothèque que je vais trouver une solution. Il faut que je continue mes recherches.

Je me redresse et contemple mes chaussures. Si j'en avais de plus confortables, ce serait peut-être moins la corvée d'arpenter cette maison. Je me baisse pour desserrer la bride d'un cran. Au moment où je règle la deuxième chaussure, j'aperçois quelque chose. Une petite liasse de papiers, à moitié dissimulée entre le guéridon et le pied du canapé. Je me penche et les ramasse. Ils sont entourés d'un ruban et forment un paquet assez épais. Ce sont des lettres. Les cachets de cire sont brisés, il est donc clair qu'elles ont été lues. Je fais glisser le ruban.

C'est alors que j'entends la porte s'ouvrir. Que faire ? Me cacher ? Mon Dieu, je ne suis sûrement pas censée fouiner ici et ramasser des lettres qui ne m'appartiennent pas. Et si l'accès de cette pièce était interdit ?

Affolée, je plonge derrière le canapé, la liasse à la main. Le canapé repose sur quatre pieds grêles assez hauts, et j'aperçois les chaussures de la personne qui franchit le seuil.

Je reconnais les bottes cavalières d'Alex. Le duc.

Zut. Pourquoi me suis-je cachée ? Ça ne fait pas un peu louche ? Les lettres me brûlent pratiquement les mains. Et si elles étaient à lui ? J'aurais dû rester tranquillement assise. Mais maintenant, comment m'en dépêtrer ? Prétendre que j'ai perdu une lentille de contact ?

Ah non, c'est vrai. Ça n'existe pas encore.

C'est barbant, à la fin !

Je m'interdis de haleter comme un petit chien et je m'efforce de garder une respiration régulière. Il va et vient dans la bibliothèque pendant ce qui me paraît durer une heure, mais doit plutôt ne pas excéder une dizaine de minutes. Je l'entends prendre et remettre des livres sur les étagères. Pitié, qu'il en choisisse un et s'en aille. S'il cherche ces lettres, il ne les retrouvera pas sans tomber d'abord sur moi.

Mes genoux commencent à s'ankyloser sur le mince tapis. Personne ici n'a jamais entendu parler de moquette rembourrée ?

Arrivé devant Shakespeare, près de la fenêtre la plus éloignée, il s'arrête. Qu'ai-je donc fait de ce *Hamlet* ? Est-ce que je l'ai bien rangé, ou juste reposé au bord de l'étagère ?

Puis il avance dans ma direction. Je me couvre la bouche avec ma main pour ne pas faire de bruit. J'ai presque envie de bondir sur mes pieds en criant « Bouh ! » comme si ce n'était qu'une petite farce, mais j'ai comme l'impression qu'il ne trouverait pas ça drôle. Et puis, il est certainement toujours furieux à cause de l'incident du petit déjeuner.

Je vois ses bottes pivoter silencieusement, et il fait halte. Que cherche-t-il ? Qu'*attend*-il ?

Mais voilà qu'il tourne les talons et ressort, juste au moment où mes poumons s'apprêtaient à imploser. Je pousse un grand soupir et je relâche mon souffle pour la première fois en dix minutes. Mon cœur retrouve un rythme normal. J'ai les paumes moites à l'endroit où elles serraient les papiers.

Ce doit être ce paquet de lettres que cherchait Alex.

Je m'assieds et regarde autour de moi pour m'assurer qu'il n'y a personne d'autre dans la pièce.

Je vais juste y jeter un tout petit coup d'œil...

9

Je retourne la première missive pliée en deux.

Pour le duc de Harksbury. C'est tout ce qui est écrit sur l'extérieur. D'un graphisme féminin tout en fioritures déliées et en boucles élégantes.

Je sais, je ne devrais pas lire ça. Ce sont probablement des lettres d'amour. Je devrais les remettre entre le canapé et le guéridon et les oublier.

Mais pour une raison mystérieuse, je me suis retrouvée piégée ici et il faut que j'en apprenne le plus possible sur l'endroit où je suis. Qui sait sur quels indices je peux tomber à condition d'être attentive ? Des indices susceptibles de me renvoyer dans le XXIe siècle.

Et aussi, oui, j'avoue. Je suis un brin curieuse de savoir s'il a une copine.

Je prends une inspiration et glisse mon doigt sous le pli pour ouvrir la lettre. La même jolie écriture à la plume m'attend.

Votre Grâce,

Je suis persuadée que mes précédents courriers se sont égarés, car je vous ai écrit chaque mois et ne reçois pourtant toujours pas de réponse. Vous est-il si facile d'oublier toutes les promesses que vous m'avez murmurées ?

Votre fille est née il y a deux mois.

Je fais un bond en arrière et la lettre m'échappe des mains. Alex a une fille ? J'hallucine. Il est encore adolescent et il est papa ?

Le monde vacille tandis que j'essaie de rassembler les morceaux du puzzle. Il n'est pas marié, n'est-ce pas ? Et même s'il l'était, cette dame ne vit pas ici. Je l'aurais vue. Sans parler d'un nourrisson.

Je secoue la tête. Ne tirons pas de conclusions trop hâtives...

Cela m'afflige de vous demander de l'argent, mais je m'y vois contrainte. La fille d'un duc ne devrait pas avoir faim, or je crains que ce ne soit là l'avenir qui l'attend. Soyez assuré que je ne déshonorerai point votre famille et ne parlerai de cet enfant à âme qui vive. Vous n'avez pas à craindre de scandale, car nul ne le saura, mais j'implore votre aide. Je ne puis trouver de travail...

Je referme la lettre d'un geste sec, prise d'une soudaine nausée.

Non seulement il a une fille, mais il l'a abandonnée. Et la petite et la mère sont pauvres ? Il habite dans ce château bourré de domestiques qui lui obéissent au doigt et à l'œil, alors que sa propre fille est dans le besoin ? C'est révoltant. A-t-il couché avec une bonne qu'il a renvoyée ensuite ?

Mon Dieu, c'est encore pire que ce que j'aurais pu imaginer. Ce type n'est pas seulement un sale prétentieux... c'est un être abject !

Je prends le paquet de lettres et replace le ruban autour en regrettant d'être tombée dessus. Je les lirai plus tard et déciderai alors quoi en faire.

Je me lève brusquement, pressée de quitter la bibliothèque. Je vais ranger les lettres quelque part dans ma chambre et terminer mon exploration.

Une heure plus tard, j'ai compris l'agencement de Harksbury, mais je n'ai strictement rien trouvé pour étayer ma théorie du faux décor.

Vous imaginez ? Ces gens-là n'ont même pas de sanitaires. Il y a des pots de chambre dans la plupart des chambres. Sérieusement. Et je crois avoir trouvé la buanderie, sauf que... zéro machine à laver. Sans parler de la cuisine. C'est une fournaise d'enfer là-dedans à cause des vrais feux qui servent à la préparation des repas, et les domestiques m'ont regardée d'un air tellement offusqué que j'ai battu en retraite avant de me faire remonter les bretelles.

En tout cas, l'an 1815, ça craint. À mon époque, une fille a droit aux allocations familiales si un garçon se comporte comme Alex. Ou à une grosse bourse d'études, dans mon cas. Bon d'accord, j'aurais préféré un vrai papa. Un papa qui ne serait pas parti fonder un nouveau foyer sur la côte est il y a trois ans, et qui ensuite trouve que c'est une bonne idée de m'inviter à y passer l'été, comme si ça n'allait pas être totalement gênant.

Je secoue la tête dans l'espoir de renvoyer les souvenirs bien au fond de mon esprit, là où ils doivent rester. Au moins, mon père téléphone deux fois par semaine et verse la pension alimentaire sans retard.

Alex est vraiment méprisable, de vivre sur ce pied en sachant qu'il a une fille quelque part dans la nature. Il est vraiment abject. Et franchement, à dix-neuf ans ! C'est à vomir.

Je descends l'escalier et me dirige vers l'aile est.

Harksbury semble plus ou moins bâti sur un plan rectangulaire autour de la cour que j'ai vue tout à l'heure. Les deux ailes principales se rejoignent dans le grand vestibule et le majestueux escalier, puis partent dans des directions opposées sur une bonne soixantaine de mètres, une succession de portes donnant sur chaque couloir. Il me faudra des journées entières pour les ouvrir toutes, mais je ne pense pas que je vais m'y coller car jusqu'à présent mes furetages n'ont rien donné.

Au rez-de-chaussée, il y a plusieurs salons et salles à manger, et encore quelques chambres, plus petites. Au premier, se trouvent la bibliothèque et d'autres chambres, certaines dotées de véritables salons contigus. Les parties de la maison non parquetées sont recouvertes de tapis. Tout est plus grand que la normale, imposant et stylé. Un géant de deux mètres quinze ne se cognerait pas la tête sous les portes, quant aux plafonds, ils sont si hauts que je pourrais grimper debout sur une chaise et sauter sans arriver à les toucher.

Mais l'ensemble, dans son caractère grandiose, est froid, en fait. Ces gens-là n'ont pas besoin d'une maison aussi immense. D'autant plus que les serviteurs sont confinés au niveau inférieur, j'ai l'impression, sauf pour faire le ménage.

Ce à quoi ils passent leur temps. Ils sont partout, à épousseter et balayer et battre les tapis.

Chaque fois que je découvre une nouvelle pièce, un nouveau tableau luxueux, un nouveau meuble disproportionné, je repense aux lettres fourrées sous mon matelas. Comment peut-il vivre ainsi alors que sa propre fille habite Dieu sait où ?

Je le méprise. Je le déteste. Je l'exècre.

Je marmonne dans ma barbe en sortant de la maison pour vadrouiller dans le parc. Après tout, allez savoir s'ils n'ont pas quand même un jet privé dans un coin, hein ?

En m'approchant de l'écurie, je ralentis. J'entends quelque chose qui résonne à un rythme régulier à l'intérieur. C'est presque mélodieux.

À l'entrée, je vois un homme assis devant un seau retourné, qui frappe dessus avec deux bâtons. Deux garçons de treize ans maximum exécutent la danse folklorique la plus hilarante que j'aie jamais vue. Ils sautillent partout comme de joyeux petits lutins en frétillant des coudes. C'est à peine si leurs pieds touchent le sol.

Je ne peux étouffer le rire qui jaillit du fond de mon ventre. Je me couvre la bouche, mais trop tard. Ils m'ont entendue. L'un des garçons s'immobilise si vite qu'il tombe par terre et devient aussitôt rouge comme une écrevisse.

Et maintenant, c'est moi qui me sens coupable, car je sais très précisément quel effet produit la brûlure sur ses joues cramoisies. S'il y a bien une chose dont je devrais m'abstenir, c'est de rire des autres.

– Je suis désolée, je ne voulais pas me moquer. C'est juste que je n'ai jamais vu personne se déhancher de cette façon.

Le plus jeune, aux cheveux carotte, se relève, deux soucoupes à la place des yeux.

– Vous êtes américaine, dit-il comme si j'étais une créature mythique.

Je hoche la tête.

– Oui. Et, euh... d'où je viens, nous dansons autrement.

– Vous pouvez nous montrer ? demande le deuxième garçon – brun, celui-là – en s'avançant, visiblement fasciné.

Je réprime un rire.

– Houlà, non ! Je danse affreusement mal.

– S'il vous plaît ? insiste le rouquin. Je n'ai jamais vu de danse américaine.

Je viens de me moquer d'eux. Ce serait un peu déplacé de les envoyer promener maintenant, non ?

J'essaie de gagner du temps.

– Je ne crois pas que ça vous intéresserait.

Je me sens un peu coupable, mais sincèrement, je danse comme un pied. Je vais me ridiculiser.

– Oh, mais si, au contraire.

– Bon.

Je peux toujours essayer, non ? Juste une petite démo vite fait. Mais qu'est-ce que je pourrais leur montrer ? Le jeu de jambes à la sauce MC Hammer ? Le moonwalk de Michael Jackson ? Le madison ? La macarena ?

– Euh, dis-je en faisant un pas en avant. Si je vous faisais le Robot ?

– Le Robot ? répètent les garçons en chœur.

Le mot *robot* existait-il seulement, en 1815 ?

– Oui. Voilà, on tend les bras, euh, comme ça, dis-je en prenant une posture d'épouvantail.

Je n'arrive pas à croire que je suis en train de faire ça.

– Ensuite, on plie légèrement ses coudes en laissant pendre les mains. Comme ça.

Je ne m'exécute pas bien du tout, en vérité, mais à voir comment leurs yeux s'écarquillent, on dirait que je viens d'accomplir un duo de breakdance dans les règles de l'art avec Justin Timberlake. Ils imitent mes mouvements et donnent l'impression que c'est d'une simplicité enfantine.

Le type aux baguettes se lève pour nous rejoindre, il secoue agilement les bras. Après une démonstration de deux secondes, ce mec est meilleur que moi. Typique.

– Bon, alors ensuite, on, euh, on fait comme si on marchait, en essayant d'avoir l'air raide et... comment dire, pas naturel. Comme ça.

Je leur montre ma meilleure démarche de robot, avec des mouvements de bras saccadés.

Les deux garçons et le batteur me copient aussitôt et, une fois qu'ils ont assimilé quatre ou cinq figures, ils ressemblent sérieusement à des automates.

En moins de deux ils improvisent, et leur rire chatouille les poutres de l'écurie.

Voilà. C'est le moment de m'éclipser, avant que dans un trait de génie, je ne m'embarque dans une exhibition de hip-hop et me brise illico les cervicales.

Je sors en catimini et je remonte l'allée de graviers en souriant toute seule avec mes jupes qui frôlent la poussière.

Au moins, quelque part, je ne suis pas Callie-la-calamité. Même si ce n'est que dans une vieille écurie malodorante.

Tout espoir n'est pas perdu pour moi, finalement.

10

De retour dans ma chambre, je m'allonge sur le lit et je contemple le plafond.

Il faudrait que je lise les lettres qui sont sous mon matelas, mais je ne peux pas me résoudre à les ressortir.

Elles touchent un point un peu trop sensible.

Cette pauvre gamine va grandir sans connaître son papa. Au moins, elle ne saura pas ce qu'elle manque. Moi, j'ai eu un père pendant douze ans. Pas si nul que ça, d'ailleurs. Un peu occupé la plupart du temps, mais pas mauvais.

Jusqu'au jour où, sans prévenir, il a quitté maman. Depuis, nous vivons toutes les deux. Je suis convaincue qu'elle m'a laissé faire ce voyage à Londres parce que ça me fournissait un prétexte pour refuser d'aller passer l'été chez mon père dans les Hamptons.

Je n'ai pas l'occasion de creuser le sujet, car la bonne entre. Le parquet craque sous son pas.

– Je viens vous aider à vous changer pour le dîner.

Je m'assieds et examine ma robe. Elle est toujours

propre et relativement peu froissée, ce qui pour moi relève de l'exploit. Je suis incapable de manger sans me salir.

– C'est bon, celle-ci est encore potable, dis-je.

Elle pince les lèvres comme si elle retenait un sourire.

– Une robe de jour ne convient pas à un dîner prié.

– Un dîner prié ?

Ma méfiance s'éveille.

Elle hoche la tête et me fait asseoir sur le tabouret situé à côté de l'armoire.

– Oui. Madame la duchesse a invité les voisins ce soir en l'honneur de votre arrivée. Il n'est pas question de descendre dans une toilette aussi simple.

Simple ? C'est ça qu'elle appelle une toilette *simple* ? Comparée à sa fruste robe noire, je suis parée pour une soirée de gala.

Elle me jette des habits et je ne sais pas ce que je suis censée faire, alors je les attrape et je reste là, les bras chargés. En voyant le dernier article, je suis pétrifiée. Je le tiens entre mes deux mains et le contemple comme si c'était une couverture contaminée par la typhoïde.

Sauf que c'est pire. Un *corset*.

Elle compte sérieusement me faire enfiler un corset.

– J'ai reçu l'ordre exprès de vous rendre présentable. En tant qu'invitée à Harksbury, vous devez être convenablement vêtue.

La bonne rabat derrière son oreille une mèche qui dépasse de sa chevelure noire, comme si elle prenait soudain conscience de sa propre allure.

Je sais sans avoir besoin de le demander que ces paroles ne sont pas d'elle. J'ai l'impression d'entendre la vieille acariâtre, derrière l'accent prononcé de la domestique.

J'avale ma salive, hoche la tête et fais un pas en avant, résignée à accepter mon sort. J'espère de tout cœur que toutes ces filles dans les romans historiques dramatisent l'affaire : mon seuil de tolérance à la douleur n'est pas exactement élevé. La dernière fois qu'on m'a rebouché une carie, j'ai pleuré.

À mesure qu'elle lace le corset et que le volume d'air dans mes poumons diminue, j'acquiers un respect nouveau pour mes ancêtres. Ce truc est barbare. Oh, bien sûr, au début, c'est supportable. Mais c'est un peu pareil à des chaussures trop petites d'une pointure. Les dix premières minutes, ça ne vous gêne pas trop, mais ensuite on ne pense plus qu'à ça. J'ai l'impression de porter en même temps une gaine et un soutien-gorge à balconnet ; mes seins ont dû remonter jusque sous mon menton parce que devant mes côtes il ne reste pas un millimètre d'espace.

Puis la domestique me fait mettre debout et soulève mes bras en l'air, comme si j'étais une petite fille. Elle passe une robe pourpre par-dessus ma tête. Elle est en satin très doux, avec de jolis petits boutons de rose brodés sur le bord des courtes manches bouffantes. Elle gratte beaucoup moins que la robe pêche que j'ai portée toute la journée, et cela me console un peu de ces conventions vestimentaires.

Évidemment, je me sentirais *nettement* mieux si je pouvais respirer, mais je présume que c'est utopique.

La bonne me ramène vers la coiffeuse, où sa mission suivante consiste à refaire mes tresses. En quelques secondes, j'ai le cuir chevelu en feu.

Il faut que je trouve une distraction, n'importe laquelle. Je m'éclaircis la gorge.

– Euh, et comment vous appelez-vous ?

Elle s'interrompt.

– Eliza, mademoiselle.

– Oh. Moi c'est Ca... Rebecca.

Ouf, j'ai eu chaud.

– Je sais, mademoiselle.

Ah. J'aurais dû m'en douter. Bon, quoi d'autre ?

– N'êtes-vous pas censée avoir votre journée libre, aujourd'hui ? On est dimanche, non ?

– J'ai une demi-journée de congé tous les trois jours. Je sortirai demain après-midi.

Avec un grognement, je répète :

– Une *demi*-journée ?

Quelle arnaque ! Elle n'a même pas droit à un jour de repos entier. Cet Alex est un vrai esclavagiste, ma parole !

– J'ai là des mules qui devraient vous aller, esquive-t-elle.

Elle se penche et me les passe aux pieds, et le soulagement de mes orteils est inexprimable. Les chaussures sont douces et confortables. Ô joie ! J'aimerais les observer de plus près mais je ne peux pas me courber. Ce corset est carrément *rigide*.

– Bien. Vous voilà prête. Les invités ont commencé à se réunir dans le salon.

Je hoche la tête, mais en la considérant d'un œil vide, car j'ignore de quel salon elle parle. J'en ai vu plusieurs, parmi les douzaines de pièces que j'ai explorées. Eliza paraît comprendre car elle s'écrie :

– Oh !

Et elle me fait signe de la suivre.

Elle me précède jusqu'en haut de l'escalier d'honneur, où elle s'arrête pour me montrer du doigt, de l'autre côté du vestibule, une porte ouverte donnant sur le corridor. J'entends des bruits de voix et des rires assourdis.

Je fais un pas minuscule et timide dans l'escalier, puis un autre. La jolie robe rouge tombe élégamment derrière moi sur les marches.

Je m'arrête pour porter une main à mes cheveux.

Il fait chaud ici ou quoi ?

Je touche mes joues.

Un peu tièdes.

Je descends encore trois marches.

J'ai envie de faire demi-tour, mais un coup d'œil en haut de l'escalier m'apprend que la bonne est toujours là, à me fixer comme si j'avais perdu la tête.

Je déglutis avec effort.

Je suis à mon avantage. Je le sais. La robe est magnifique, ma coiffure fantastique, et je n'ai vu ici aucun vêtement de marque. Enfin, abstraction faite de mes escarpins.

Pour la première fois de ma vie, personne ne me connaît comme Callie Montgomery, la première de la classe empotée et gaffeuse. Je peux devenir Callie, la fille populaire. Callie, la fille avec qui tout le monde aime bien parler et plaisanter.

Ou, devrais-je dire, *Rebecca*, la fille populaire. Le détail est d'importance.

Je m'oblige à descendre d'un pas naturel la dernière douzaine de marches, les épaules en arrière et la tête haute.

La traversée du vestibule me paraît beaucoup trop courte et, avant même de pouvoir marquer une pause pour respirer un bon coup, je suis déjà au salon, dans lequel s'élève un brouhaha de conversations sonores.

Que de monde ! Je dénombre quatorze personnes, toutes sapées comme pour aller dîner dans un restaurant cinq étoiles. Ils sont réunis par petits groupes autour de la cheminée ou du canapé de brocart aux élégants pieds en bois. Je me réjouis qu'Eliza m'ait obligée à me changer car je réalise que dans la robe pêche, j'aurais eu l'air ridicule.

La vieille revêche porte une robe de satin ivoire qui enveloppe sa quinzaine de kilos en trop et tombe au ras du sol. Ses cheveux gris sont entortillés sur le sommet de sa tête et retenus par des épingles que je ne vois même pas. Elle serait peut-être jolie, sans ses yeux verts perçants réduits à deux fentes minuscules tandis qu'elle écoute l'un des invités qui lui parle à l'oreille.

Sérieusement, si cette femme souriait, ne serait-ce qu'une fois, j'en tomberais à la renverse.

Emily avance vers moi, dans une simple robe bleu ciel qui illumine son teint et rend ses cheveux noirs encore plus brillants. Des anglaises soigneusement arrangées sur ses tempes (tellement différentes des boucles folles de Mindy) encadrent son visage fin. On dirait une poupée de porcelaine. Une ravissante poupée de porcelaine.

Je promène mon regard autour de moi sans vraiment savoir qui je cherche, jusqu'à ce que je l'aperçoive. Il est si grand qu'il est facile à repérer. Il porte une redingote noire aux boutons en cuivre étincelants et une chemise blanche immaculée, que complète une espèce de cravate enroulée autour de son cou. Il hoche la tête en écoutant quelqu'un, puis capte ma présence et, avant que je ne puisse me dérober, il me fixe des yeux.

Je serre la mâchoire et j'essaie de ne pas penser à la lettre que je viens de lire. J'ai une envie folle de m'élancer vers lui pour le gifler. Une fois pour la dame, une fois pour le bébé, et une fois pour moi.

Il ne dit rien. Il ne fait rien. Il se contente de me dévisager, moi de soutenir son regard et, pendant un long moment, je ne vois plus rien d'autre.

11

Les murs du salon tournent, mais les yeux d'Alex ne bougent pas ; ils sont rivés aux miens. Il m'envoie probablement des messages muets m'incitant à *me conduire en jeune fille bien élevée*.

Le charme est rompu lorsque Emily me tire par le coude.

– Rebecca, comme ma robe te va bien ! Beaucoup mieux qu'à moi. Tu la garderas.

– Oh, non, je ne peux pas...

Mais elle balaye d'un geste mon début de protestation.

– J'insiste.

– Ah.

– Viens, Victoria veut nous voir, ajoute-t-elle.

Je suis Emily jusqu'à l'endroit où se tient la vieille toupie. Emily fait une révérence et je l'imite gauchement, mais je me prends les pieds dans la robe et happe le premier bras accessible, celui d'un homme, pour ne pas me rétamer.

Victoria réprime un gloussement et rien que pour ça je lui enverrais volontiers un coup de poing dans la figure, mais l'homme détourne mon attention.

– Vous devez être Rebecca, dit-il d'une voix qui me paraît douce et intelligente, à supposer qu'une voix puisse l'être.

– Oui, je vous prie d'excuser ma maladresse.

Pauvre Rebecca, à moi toute seule je vais démolir sa réputation avant même qu'elle n'ait posé le pied en Angleterre.

Il m'adresse un grand sourire et son visage tout entier affiche une expression affable qui me réconforte ; je sens qu'il ne me juge pas.

– Votre accent américain est charmant, déclare-t-il.

Il doit avoir près de quarante ans, les tempes grisonnantes et le reste des cheveux châtain.

– Merci, dis-je.

Et, sans trop savoir pourquoi, je fais une nouvelle révérence, ce qui est absurde et totalement superflu.

– Voilà bien longtemps que je n'ai pas entendu parler de ce qui se passe en Amérique. Le dîner s'annonce captivant.

Zut. Pourquoi n'y ai-je pas songé plus tôt ? Les gens voudront tout savoir sur l'Amérique. Mais le millésime 1815. Oh, comme je regrette de n'avoir pas été plus assidue à mes stupides cours d'histoire ! Je ne sais même pas combien il existait d'États en 1815.

– Oui, je serai ravie de... vous narrer quelques anecdotes.

Je parle d'une façon ridicule. Je ne saurais dire si je m'exprime comme ils s'y attendent, ou comme je pense qu'il le faut, ce qui est certainement très différent.

– La traversée de l'Atlantique fut-elle difficile ?

Je hausse les épaules.

– Non, tout à fait calme, en vérité.

– Nous n'attendions pas Rebecca avant environ quatre semaines, intervient Emily. Elle a fait diligence.

Environ quatre semaines ? Il faudra que je m'en souvienne. Je ne dois plus être là quand arrivera Rebecca. Ce serait un beau bazar.

– Vous pourriez peut-être nous jouer un morceau au pianoforte ? suggère Victoria. Je ne doute pas que nos invités en seraient ravis.

Génial. Si le pianoforte ressemble au piano, je suis fichue. Ma mère a essayé de me faire prendre des leçons, mais elle a renoncé parce qu'à douze ans, la seule chose que j'arrivais à jouer était *Chopsticks*.

– Oh, j'adorerais écouter le morceau dont tu m'as parlé, dit Emily.

Ô sainte horreur, c'est à moi qu'elle s'adresse !

– Lequel ? Je ne me rappelle plus exactement ce que je t'ai écrit.

– Tu parlais d'une ravissante mélodie qui dure pas moins de dix minutes. Tu disais qu'elle était compliquée, mais agréable à l'oreille.

Elle me regarde avec de grands yeux si candides que je ne sais pas quoi répondre pour ne pas passer pour une pauvre tache.

– Ah, oui.

Je déglutis. Rhaa, Rebecca ne pouvait pas être une fille incompétente, comme moi ? Elle doit exceller en tout. Je suis cuite.

– Il se peut que j'aie exagéré un peu. Cela ne présenterait d'intérêt pour personne.

Ô mon Dieu, tout le monde me regarde. Il doit y avoir quatorze paires d'yeux braqués sur moi. Ce salon ridiculement grand, avec ses meubles imposants, me fait soudain l'effet d'un ascenseur dont les portes se referment en même temps que les cloisons se rapprochent.

– Allons, ne soyez pas si modeste, ma chère, me dit Victoria.

Elle me pousse vers un coin de la pièce. Pourquoi n'avais-je pas remarqué le piano ? Danger ! Danger !

– Non, sincèrement, je ne peux pas, dis-je en essayant de me dérober.

– Ne décevez pas nos hôtes, *Rebecca*.

Je perçois une note de colère dans la voix de Victoria, et je me fige en comprenant ce que je suis en train de faire. Je la couvre de honte. Devant ses invités. À mon avis ça ne figure pas dans le manuel de la parfaite jeune fille de bonne famille. Je prends une inspiration et lui fais un signe de tête en me creusant la cervelle pour trouver une parade, mais je suis en panne d'inventivité.

Je reconnais que j'ai été insolente ce matin, et malgré tout elle donne un dîner en mon honneur. C'est le moins que je puisse faire, non ? Lentement, je me dirige vers le piano comme si j'allais à l'échafaud. Ça s'annonce mal. Très mal. Les gens vont devenir dingues si je dois jouer pendant dix minutes.

Bon. Allez, en selle. J'espère qu'ils aiment bien *Chopsticks*.

La mort dans l'âme, je m'apprête à m'asseoir. Si seulement Emily pouvait prendre ma place. Ou même s'asseoir à côté de moi pour m'aider à endurer ce supplice.

Une seconde ! J'ai trouvé !

– Emily ? Je crois que nos invités apprécieraient un duo. J'en connais un facile que je peux t'apprendre.

Elle agrandit les yeux et rabat une de ses boucles derrière une oreille en regardant autour d'elle, comme si elle ne croyait pas à sa chance. Trop mignonne.

– Mais oui. Viens donc prendre place. Pour qui apprécie le piano, un quatre mains ne fait que redoubler le plaisir.

Je me mets à parler comme eux, pas vrai ? *Pas vrai ?*

Elle acquiesce et c'est tout juste si elle ne me rejoint pas en bondissant. Elle me fait penser à un petit chien.

Nous ôtons nos gants et les posons sur le piano. Je lui montre une série de notes simples et répétitives, la main gauche de *Heart and Soul*, le seul autre morceau que je connaisse. Si Tom Hanks arrive à le jouer sur un piano géant dans *Big*, je suis sûre qu'Emily le maîtrisera très bien.

Une fois qu'elle est rentrée dans le rythme, je joue la mélodie sur la partie droite du clavier. Elle doit couvrir une douzaine de notes, et je peux m'en tirer avec deux doigts tout le temps de la prestation. Tout à fait le genre de charcutage dont je suis capable. Les touches sont fraîches sous mes doigts tandis que j'exécute la première gamme, et les notes remplissent la pièce devenue silencieuse.

L'assemblée s'est rapprochée de nous et je me sens irradiée par le regard d'Alex. J'ai envie de lever les yeux vers lui mais je vais faire des fausses notes, du coup je m'abstiens. Je vois qu'Emily s'amuse parce qu'elle se balance un peu sur la banquette en jouant sa partition, et son sourire est si béat que je le *sens*, même si je ne la regarde pas.

Je lui donne un coup de coude pour lui faire signe d'arrêter, et je termine le morceau en ralentissant sur les dernières notes.

Lorsque c'est terminé, je relève la tête et tout le monde applaudit. Même Victoria a l'air contente. Il faut croire qu'en ce siècle, *Heart and Soul* n'est pas archiconnu par tous les individus de plus de six ans. L'espace d'un minuscule instant, je trouve agréable, oserais-je dire bienveillante, toute cette attention sur moi.

Puis je me lève et essaie de ramener la banquette contre le pianoforte, mais Emily est encore assise dessus. Et c'est au milieu d'une ovation que je tombe en arrière et m'écroule sur le parquet.

– Oh, je... euh... oh !

En une fraction de seconde, je suis debout et j'écarte le monsieur qui s'est précipité pour m'aider. Miséricorde, je dois être écarlate. J'époussette vaguement ma robe.

– Emily ? Si tu enchaînais avec un de tes morceaux ? dis-je en espérant détourner l'attention générale.

Radieuse, elle se tourne de nouveau vers l'instrument. Je l'ai échappé belle.

Je détecte un siège à proximité et opère une retraite stratégique. Mon visage retrouve une température normale pendant que je regarde Emily, qui sourit toujours jusqu'aux oreilles. Ses yeux noisette étincellent et je vois ses boucles brunes s'agiter avec enthousiasme. Quelque chose en elle fait qu'on lui donne plutôt treize ans que dix-huit. Une spontanéité naïve et optimiste.

C'est vraiment dégoûtant de ma part de me faire passer pour Rebecca. De faire semblant d'être l'amie d'Emily. Parce que le pire, c'est que j'ai *envie* d'être son amie. Mais sans tous ces mensonges entre nous. Je me les représente comme un élastique qui s'étire et se tend. Et ça ne peut pas durer indéfiniment. Il va craquer.

Elle va savoir la vérité. Soit parce que je vais disparaître et revenir au XXIe siècle, soit parce que je vais être démasquée. Elle finira par savoir.

Et, qu'on me traite de lâche si on veut, j'espère bien ne pas être là pour le voir.

Emily termine un morceau entraînant, et les invités recommencent à applaudir.

– Vous ferez une bien belle épouse pour Denworth ! s'écrie l'un d'eux, et je manque m'étrangler avec ma salive.

Épouse ?

Le sourire d'Emily se crispe et la lumière déserte ses prunelles. *Maintenant* elle fait bien ses dix-huit ans.

– Merci, dit-elle.

Je serre les dents. Qu'est-ce que c'est que cette histoire ?

– Lui avez-vous écrit, à ce propos, comme je vous l'ai demandé ? demande Victoria en s'avançant vers le piano.

– Pas encore, répond Emily.

Coupant court à la réaction de Victoria, elle entame un nouveau morceau au rythme enlevé en plaquant bruyamment les accords, qui noie les paroles de sa tante.

De toute évidence, Emily n'a pas envie de parler de cette affaire Denworth avec elle.

Mais il va falloir que je sache de quoi il retourne. Quelque chose cloche. Emily devrait être heureuse d'être fiancée, si c'est de cela qu'il s'agit.

Demain, j'aurai le fin mot de l'histoire.

12

Le lendemain matin, je me dépêche de descendre prendre le petit déjeuner, qui est servi dans la véranda, une pièce beaucoup plus petite que la salle à manger.

Je me réjouis du changement de cadre. Je préfère ne pas repenser au désastre absolu du « dîner prié ».

Tout a commencé lorsqu'un domestique est entré dans le salon après mes débuts de pianiste concertiste pour annoncer que le dîner était servi. Ayant sauté le déjeuner pour explorer Harksbury, je mourais de faim. Je me suis donc levée et dirigée vers la salle à manger.

Mais j'étais la seule. Tous les autres se rassemblaient deux par deux, et je me suis retrouvée coincée en queue de cortège avec un vieux monsieur visiblement moins fortuné que les autres. Pendant que nous défilions jusqu'à la salle à manger, j'ai compris que nous étions placés par ordre d'*importance*.

Devinez qui était au fond.

Moi. On s'étonne que ça m'ait donné l'impression d'être au lycée, hein ? Vous parlez d'un dîner censé être organisé en mon honneur ! Certes, je ne tenais pas tant que ça à être sous les projecteurs, mais tout de même.

À partir de là, tout est allé de travers. J'ai encore parlé aux serviteurs. Fi ! Quel faux pas, très chère. On aurait entendu une mouche voler quand j'ai demandé s'ils avaient du ketchup. Puis j'ai porté à ma bouche un morceau de poulet avec mon couteau. Deuxième impair. Oh, et apparemment, j'étais censée tenir un bout de pain dans une main et une fourchette dans l'autre pour manger le poisson. Troisième boulette.

Sérieusement, j'étais dépassée – tout juste si j'en suis sortie vivante.

Ce matin, je suis soulagée de voir Emily à table en train de manger tranquillement toute seule. Au moins, je peux m'emmêler les crayons tant que je veux, ça ne la dérangera pas.

Ne voyant pas de domestique dans les parages, je me sers en jambon et en fruits sur le buffet.

– Alors, pas de bacon ? dis-je en plaisantant.

On dirait qu'ils prévoient toujours plus de nourriture que nous ne pourrons jamais en manger. Ces gens ignorent le sens du mot modération.

Emily lève les yeux.

– Victoria... euh, la duchesse considère que le bacon est réservé au peuple.

– Ah, dis-je sans trop savoir comment je suis censée réagir.

Il me semble un peu bizarre de décréter qu'on peut manger du jambon mais pas de bacon, enfin peu importe. Je ne comprends rien aux us et coutumes de ce siècle. Je prends mon assiette et vais m'asseoir en face d'Emily. Le soleil d'été entre déjà à flots par les baies vitrées. Il doit être au moins dix ou onze heures. J'ai renoncé à toute notion du temps ici. À croire qu'ils fonctionnent avec une horloge interne.

Le silence retombe.

– Dis-moi, Emily...

Cela fait un siècle qu'elle joue avec sa nourriture et lorsque je romps le silence, elle relève la tête comme si elle avait oublié jusqu'à ma présence.

– Cette histoire de fiancé... Tu m'en avais parlé ? Je ne m'en souviens plus.

Mon ton est-il suffisamment détaché ? Je l'espère.

Elle secoue la tête et se replonge dans la contemplation de son assiette. Qu'est devenue l'Emily joyeuse et pétillante ? Celle que je suis venue à connaître et à aimer ? Celle qui me fait parfois penser à un chiot tout fou.

– Non. Les fiançailles viennent d'être annoncées.

– Où vous êtes-vous rencontrés ?

– Chez lui, c'est mon père qui a arrangé notre rencontre.

Je n'aime pas la tournure que prend la conversation.

– Dans quel but ?

– Pour régler les détails de notre union, bien entendu, répond-elle d'une voix sans timbre.

Je n'aime *vraiment* pas cela.

– Tu ne veux pas dire que... il t'a présentée à lui afin de... d'arranger votre mariage ?

Je suis maladroite, je le sais, mais c'est la première fois que je me trouve en direct face à un authentique mariage arrangé. Je croyais que c'était un mythe. Comme les licornes, quoi.

Elle répond d'un hochement de tête, mais je la vois déglutir et je me demande si elle a la gorge serrée, elle aussi. Elle garde les yeux baissés, mais je ne pense pas qu'elle soit attentive au contenu de son assiette. A-t-elle cillé ?

– Et... il te plaît ?

Elle pose sa fourchette.

– C'est... un homme plutôt agréable. Il dispose d'une grande fortune. Je ne manquerai de rien.

Ça sonne faux, grotesque. On dirait qu'elle récite des répliques toutes prêtes.

Je remue sur ma chaise, qui me paraît subitement dure et inconfortable.

– Mais l'aimes-tu ?

– Je ne manquerai de rien, répète-t-elle.

Ses yeux brillent un peu plus qu'il y a trente secondes. Elle saisit sa fourchette, mais sa main tremble légèrement lorsqu'elle la serre trop fort.

– Emily... tu peux être franche avec moi. Nous sommes amies.

Au moment même où les mots sortent de ma bouche, j'ai envie de les effacer. Emily est réellement sympathique, et moi je lui mens à tout bout de phrases... Je trahis sa confiance en me faisant passer pour son amie.

Pourtant, même si je sais que son amitié, en vérité, s'adresse à Rebecca, c'est comme si nous étions aussi amies, toutes les deux. Elle dégage quelque chose qui me donne l'impression que je peux lui faire confiance. Bien que je ne fasse rien pour mériter *sa* confiance.

C'est là qu'entrent en jeu les grandes eaux. Elle bat des cils plusieurs fois, mais les larmes s'échappent en traçant des sillons qui luisent sur l'arrondi parfait de ses joues.

– Je ne pourrai jamais l'aimer. Il a trente ans de plus que moi et il est pétri d'habitudes, dit-elle d'une voix tremblante.

Trente ans de plus ? Mais c'est un vieillard !

Bouche bée, je la contemple. Sa fourchette tombe en tintant dans son assiette et elle prend une serviette pour se tamponner les yeux en regardant le plafond. Sa façade joyeuse se lézarde à vue d'œil. Je crois qu'elle est à deux doigts de craquer complètement.

– Ton père sait-il ce que tu ressens ?

Elle hoche la tête.

– Oui. Je l'ai supplié de changer d'avis, mais il n'en démord pas. Je pense qu'il est las d'écouter mes supplications, c'est pourquoi il m'a envoyée passer deux mois ici, à Harksbury. Il souhaite que je rentre à la maison ralliée à sa décision.

Quelle terrible injustice ! Je n'arrive même pas à formuler une phrase, trop de mots tourbillonnent dans ma tête. Je ne trouve que des formules creuses et bêtes.

Vivre en 1815, c'est trop affreux. D'abord la fille secrète d'Alex, maintenant un mariage arrangé ? Difficile d'imaginer pire.

La Régence anglaise, c'est limite bienvenue à *Beverly Hills*. Autant de mélo, mais beaucoup moins de glamour.

Emily s'essuie le nez avec la serviette et prend une profonde inspiration.

– J'étais tellement heureuse de te voir ici. Toi qui es si intelligente et si indépendante. J'ai su que ton arrivée anticipée était un cadeau du ciel pour moi. Tu es ma plus chère amie, Rebecca. Tu dois m'aider.

Hou la la, je me sens encore plus bête, maintenant. La vraie Rebecca est certainement surdouée et saurait exactement quoi dire face à cette situation. Elle échafauderait sûrement une centaine de plans et de projets, et elle entreprendrait immédiatement quelque chose pour sauver son amie.

Je le vois sur le visage d'Emily. Elle me regarde avec tant d'espoir... comme si j'allais tout arranger. Elle ne veut rien avoir à faire avec ce type, Denworth. Et à cet instant précis, une certitude s'impose à moi : il faut que je la sorte de ce pétrin, coûte que coûte. Je le lui dois.

C'est ce que ferait Rebecca. C'est donc ce que je dois faire.

Minute... Et si j'étais en effet *censée* le faire ? Si c'était la raison pour laquelle j'ai abouti ici ? Si ma *mission* était de rompre les fiançailles d'Emily ? Mon destin ? Je me suis retrouvée dans la peau de Rebecca afin d'être en mesure d'aider Emily.

Si j'y parviens, tout pourrait s'arranger. Et si ça ne change rien, eh bien je tenterai autre chose. Il y a bien une raison pour qu'une personne du XXIe siècle soit coincée en 1815, non ? C'est arrivé dans le but que j'utilise ma sensibilité moderne pour jouer les redresseuses de torts.

– Ne t'inquiète pas, Emily. Je vais te tirer d'embarras. Nous allons rompre tes fiançailles.

Je ne sais pas quelle mouche m'a piquée. Je n'ai aucune idée de la marche à suivre pour l'aider.

Mais je sais que je dois le faire. Il me suffit de trouver un plan.

Illico presto.

13

Je suis au paradis. Enfin, aussi près du paradis qu'on peut l'être en 1815. Après avoir assisté à une procession d'au moins huit domestiques portant des seaux d'eau bouillante dans ma chambre, je suis immergée dans une baignoire remplie d'eau délicieusement chaude. Et je n'en sortirai que lorsqu'elle sera froide et moi toute fripée.

L'eau est additionnée de je ne sais quelle huile parfumée et, si je ne croyais pas auparavant à l'aromathérapie, ça y est, je suis adepte. Je ne me suis pas sentie aussi détendue depuis plus de quarante-huit heures.

À défaut d'être sortie en boîte avec Angela, Mindy et Summer, je vais me rattraper ce soir, version Régence anglaise, au bal des Pommeroy s'il vous plaît. Parée telle une princesse, je vais flirter avec des garçons divins et enfin m'amuser comme une folle.

Quand l'eau devient trop froide, je sors et enfile une chemise de nuit en coton que m'a laissée la bonne.

Emily a insisté pour que nous nous préparions ensemble, ce qui vaut probablement mieux. Aucune aide ne sera superflue pour trouver la tenue adaptée à ce genre d'occasions.

On ne m'a même jamais invitée à un bal du lycée. Ce soir, ce sera vraisemblablement la première fois que je danserai avec un garçon. C'est dément. Zut, il aura fallu que je fasse un voyage de presque deux cents ans dans le temps pour aller au bal !

Mais peu importe. J'ai bien l'intention de m'éclater et de danser jusqu'à l'aube, même si je suis accoutrée bizarrement et que je ne reconnais aucune musique.

Je tire sur une cordelette qui s'enfonce dans un trou du mur. Elle est censée être reliée à une cloche quelque part et prévenir Eliza que j'ai besoin d'elle. Je ne l'entends pas, et j'en suis réduite à présumer qu'elle sonne dans quelque pays lointain. J'ai entendu une fois Emily parler des « étages inférieurs », mais je n'ai aucune idée de ce à quoi elle faisait allusion.

Quoi qu'il en soit, ça doit marcher, car Eliza arrive quelques minutes plus tard et se met aussitôt au travail sur mes cheveux mouillés. Elle les coiffe et roule les mèches dans de petits chiffons supposés les boucler, jusqu'à ce qu'ils forment une véritable pile au-dessus de ma tête. Quand elle a terminé, j'ai l'impression d'être une ménagère rétro des années cinquante.

– Vous ne deviez pas être de repos aujourd'hui ?

– Je l'ai été, mademoiselle. Tout l'après-midi.

Je fronce les sourcils.

– Eh bien j'estime que vous devriez prendre aussi votre journée de demain. Si quelqu'un y trouve à redire, dites-lui de s'adresser à moi.

Elle semble perplexe.

– Vous méritez une journée de congé. Ne vous inquiétez pas.

– Oui, mademoiselle, dit-elle d'un air soudain très, très heureux.

– Promettez-moi juste de faire la grasse matinée.

Un sourire aux lèvres, elle fait une révérence.

– Oui, mademoiselle.

– Parfait. Bien, je crois que vous pouvez y aller. Je vais me préparer dans les appartements d'Emily.

Dès qu'elle est partie, je suis prête à rejoindre Emily. Je me dirige vers la porte dans ma chemise de nuit en coton, mais je me fige subitement. Cela paraît... déplacé de sortir dans cette tenue. Cette fine chemise de nuit dissimule à peine mes fesses. Je n'ai pas revu mon soutien-gorge depuis le jour de mon arrivée... Conclusion, tant que je n'aurai pas remis le corset, pas question que je quitte cette chambre.

Je me tourne de nouveau vers la cloche en me demandant si je ne devrais pas rappeler Eliza pour lui demander de quoi me couvrir un peu mieux. Et comment trouver la chambre d'Emily. Pourquoi n'y ai-je pas pensé avant de la renvoyer ?

Mais ça me gêne un peu de la déranger autant. Je ne suis pas habituée à avoir quelqu'un à mes ordres. C'est assez bizarre. De sorte que je ne vois qu'une solution :

je prends l'une des couvertures de mon lit. Ça ne fait pas vraiment affriolant, mais je m'en emmaillote jusqu'à ce que je ressemble à un gros burrito.

C'est tout moi ça. La pudeur avant tout.

Je passe la tête dehors et vérifie à droite et à gauche. Personne.

Je crois me rappeler avoir entendu Emily dire que sa chambre se trouve dans l'aile opposée, et que si j'emprunte cet escalier de service, je pourrai m'y rendre sans passer par l'entrée principale.

En théorie, c'est parfait. À un détail près : Harksbury fait deux fois la taille de mon lycée et je suis complètement perdue. Je suis quasiment sûre d'être passée trois fois devant les mêmes portraits sinistres. J'ai l'impression que leurs yeux me suivent, comme dans *Scoubidou*. Je crois même que j'ai pris l'escalier des domestiques, à un moment donné, parce qu'il était étroit et éclairé uniquement par une petite fenêtre et je n'imagine pas du tout Victoria ou Alex l'emprunter. Alex n'y tiendrait probablement même pas tant il est grand. Heureusement que je ne risque pas de les croiser car, à déambuler dans le château emmitouflée dans ma couverture, j'ai l'air d'un bouffon. Un bouffon à moitié nu déguisé en burrito.

Enfin, je comprends que j'ai atteint l'aile opposée, car je repère la cour à travers une fenêtre à petits carreaux et la vue est l'image miroir de celle que j'ai de mon aile. Super. Ç'aurait vraiment été l'horreur de continuer mes pérégrinations dans cet état. J'aurais pu tomber sur...

Alex.

Alex !

Sa vue suffit à réveiller ma colère.

Il me dévisage, la bouche légèrement entrouverte, les yeux ronds. Je rêve ou il rougit ? Il n'a jamais vu un burrito, ma parole. À moins que ce ne soient les papillotes hyper-sexy entortillées dans mes cheveux tendance vieille tante moustachue ? La grande classe.

– Euh, je cherche la chambre d'Emily, dis-je.

Je resserre la couverture autour de moi en espérant qu'aucune partie de mon corps ne dépasse là où il ne le faudrait pas.

Sans dire un mot, il me fait signe de le suivre. Je marche derrière lui, la couverture en guise de traîne sur mes talons. J'ai à peu près un millier de choses à lui dire, là, tout de suite, comme les horaires scandaleux d'Eliza ou les lettres de cette pauvre femme, mais une conversation sérieuse est impensable dans cette tenue, du coup je garde mes griefs pour moi.

La porte de la chambre d'Emily est ouverte et il s'écarte pour me laisser entrer. Il reste si proche de l'embrasure que je suis obligée de le frôler pour passer. Je marmonne :

– Merci.

Au dernier moment, j'esquisse une révérence, mais je ne suis pas certaine qu'il l'ait remarquée, car la couverture me fait une enveloppe bouffante et ça ne ressemble à rien. Je me faufile rapidement dans la chambre et je ferme la porte derrière moi avant de m'aplatir contre le panneau de bois. Alex doit être en train de fixer la porte qui lui a claqué au nez. Ça ne doit pas lui arriver tous les jours. Pour un peu, j'en serais ragaillardie.

– C'est-la-ca-ta. Je suis une berezina ambulante, dis-je à Emily.

Assise sur un tabouret, drapée dans un ravissant peignoir jaune, elle pivote vers moi.

Un peignoir. Et pourquoi je n'y ai pas eu droit, moi ?

– Que se passe-t-il ?

Elle aussi a des papillotes plein les cheveux, mais sur elle c'est mignon. Les chiffons blancs contrastent avec ses boucles brunes, on pourrait presque croire à un look travaillé. Je ne sais pas pourquoi, mais je doute que ça fasse aussi charmant sur moi.

Je me jette sur son lit en poussant un grand soupir.

– Il a fallu que je tombe sur Alex en me baladant dans cet accoutrement. Encore une chance que je n'aie croisé personne d'autre. Je parie que Victoria aurait *adoré*.

Emily pouffe.

– Tu as l'air un peu ridicule, je l'admets.

– Merci, dis-je en me roulant sur le lit. Mon Dieu, quand je pense qu'il m'a vue !

Emily boit une petite gorgée d'un verre posé sur sa coiffeuse et pivote pour me regarder dans les yeux.

– Je croyais que mon cousin ne t'intéressait aucunement.

Je fais une moue de dégoût.

– Oh, que non. Il n'y a que lui qui compte. Tu crois qu'il manifesterait un peu d'attention et de compassion envers son entourage ? Il est totalement égocentrique. Et par-dessus le marché, il estime que je devrais censurer tout ce que je dis et être une gentille fille bien soumise. Enfin, franchement.

Le sourire d'Emily s'élargit.

– Tu n'as pas besoin d'argumenter. Je te crois.

– Oh.

Alors pourquoi m'adresse-t-elle un sourire pareil ?

Et surtout, pourquoi ne le déteste-t-elle pas, comme moi ? D'accord, elle n'est peut-être pas au courant du bébé clandestin, mais elle sait bien qu'il approuve son mariage avec ce Denworth, étant donné qu'il n'a rien fait pour l'aider à y échapper. Elle devrait lui en vouloir, même s'il est son cousin, non ?

– Bien, déclare-t-elle. Consacrons-nous à des sujets plus importants : notre tenue pour la soirée dansante.

Je lui renvoie son sourire et Alex disparaît de mon esprit. On va bien s'amuser.

14

Emily se lève et se dirige vers une rangée d'armoires. Oui-oui-oui, une *rangée*. Elle ouvre en grand plusieurs portes, dévoilant une ribambelle de robes. Je m'étonne cependant de ne pas les voir sur des cintres. Elles sont soigneusement pliées, chacune sur sa petite étagère.

Mon sourire s'élargit un peu plus à chaque porte. J'ai l'impression de faire du shopping. Mais en mieux, car contrairement à moi, Emily a le sens du détail vestimentaire.

– Mon père a jugé important que je sois à la pointe de la mode afin d'assurer mon union avec Denworth. Quoique rebutée par la cause, je me suis bien amusée à constituer cette garde-robe.

Je crois qu'elle va recommencer à s'apitoyer sur son sort, mais c'est avec une apparente insouciance qu'elle plonge sous une pile de robes.

– Je pense que nous devrions porter de la mousseline. Bien qu'il s'agisse d'une soirée champêtre, mieux vaut sacrifier aux tendances de la saison passée. Encore que... j'ai beaucoup d'autres robes qui t'iraient à merveille.

Elle marque une pause et tapote d'un doigt léger son menton que creuse une minuscule fossette.

– Finalement, nous allons peut-être oublier la mousseline pour ce soir.

J'ai décroché à partir du mot « mousseline ». Je ne comprends pas ce qu'elle raconte, mais en tout cas elle est à fond dedans. Emily doit être la variante 1815 d'une *fashion victim*.

– La saison passée ?

Est-elle en train de me parler de *collection printemps-été* ou de quelque chose comme ça ? Ne me dites pas qu'il existait des défilés de mode à l'époque.

– Mon Dieu, as-tu oublié avec quelle impatience tu attendais ta première saison ? Veux-tu dire que vous n'avez pas de saison en Amérique ?

Mon expression imbécile doit exprimer ma confusion.

– La saison des bals, inaugurée par le bal des débutantes ! Tu as dû faire ton entrée dans le monde l'an dernier, toi aussi. Autrefois, nous voulions tellement débuter ensemble toutes les deux. Tu ne t'en souviens donc plus ? Nous en avons si souvent parlé, à l'époque.

– Oh ! Si, euh, bien sûr ! J'ai eu un petit trou de mémoire. Transitoire. Mais je m'en souviens bien, maintenant. (Et voilà, je recommence à dire n'importe quoi.) Et, euh, tout s'est déroulé conformément à tes attentes ?

Emily passe les robes en revue, pratiquement ensevelie sous leur masse tandis qu'elle les entasse sur ses épaules, mais lorsque je lui pose la question, elle se redresse et se tourne vers moi. Un sourire émerveillé la transfigure et ses yeux étincellent. Houlaaa. C'est l'extase.

Comment peut-on forcer une fille aussi joyeuse à épouser un vieux grincheux ? Je dois absolument trouver un moyen de l'aider.

– C'était prodigieux. Les réceptions, la danse, tous ces gens rencontrés... j'aurais voulu que cela ne cesse jamais.

Et, pour souligner son propos, elle jette les robes, s'élance et tourbillonne dans la chambre sur une mélodie muette, son peignoir flottant autour d'elle, ses bouclettes volant de part et d'autre de son visage. Elle est littéralement aérienne. Cette fille est tout simplement craquante.

Je préfère ne pas demander pourquoi ça s'est arrêté, car j'ai peur que Denworth n'y soit pas pour rien. À moins que l'affaire ne dure qu'une « saison », comme elle l'a dit, chaque année à une certaine époque.

– Tu te rappelles comme nous rêvions d'Almacks ?

Elle cesse de tourbillonner le temps de jauger ma réaction. Mon expression doit encore me trahir, car elle ajoute :

– Ce club si chic à Londres. Réservé à l'élite.

– Ah oui, naturellement, comment l'oublier ?

Elle sourit et traverse la pièce, puis elle se laisse tomber à côté de moi et s'allonge. Nous sommes si proches que nos bigoudis se frôlent. Je sais que cela devrait paraître bizarre ou gênant, mais curieusement, non. Je me sens bien. Comme si Emily était une vraie amie.

Et ça fait un an que je n'en ai plus. Depuis le départ de Katie.

– Eh bien figure-toi que finalement, Almacks s'est révélé moins prestigieux que je ne l'avais espéré. La décoration des salles est sommaire, et le buffet laissait beaucoup à désirer. Mais cela n'avait aucune importance car j'ai eu le privilège de danser une valse avec le comte de Grant, et j'ai fait scandale !

Je l'écoute en souriant. C'est plus fort que moi. Elle bouillonne d'excitation avec ses histoires de bal et cela déteint sur moi. Je ne vois pas en quoi valser peut causer un scandale, mais ça a l'air plutôt cool.

– Les dames patronnesses, tu t'en doutes, n'étaient qu'une bande de pimbêches et si je ne dois plus jamais les revoir, je ne m'en porterai pas plus mal.

Je continue à patauger. C'est quoi, une dame patronnesse ? Je m'éclaircis la gorge. Emily est tellement exaltée qu'elle pourrait papoter toute la nuit. Or il faut qu'on passe à autre chose.

– Et donc, euh... tes fiançailles...

Hem. Je ne suis pas trop sûre de ce que je vais dire, mais je dois aborder le sujet.

– As-tu... des suggestions ?

– Des suggestions ?

Elle s'assied et me regarde en haussant un sourcil.

– Oui. Tu sais, concernant le moyen de rompre les fiançailles.

Son visage se décompose.

– Hélas, non. Je crains que ce ne soit tout bonnement pas possible. C'est pourquoi j'étais tellement excitée en voyant que tu...

Ses paroles meurent sur ses lèvres, et son visage se renfrogne. La lumière s'éteint dans ses prunelles.

– Oh, ne t'inquiète pas, dis-je précipitamment. J'ai des tonnes d'idées. Je voulais juste savoir si tu en avais de ton côté. Afin que nous, comment dire, que nous conjuguions nos forces.

J'ai du mal à ne pas grimacer en prononçant ce énième mensonge. À combien en suis-je ? J'ai perdu le compte.

Elle me sourit et mon estomac se noue. Elle ne devrait pas placer en moi une telle confiance.

– Réellement ? Quels sont donc tes projets ?

– Oh, il est un peu prématuré d'en parler. Nous en discuterons peut-être demain ou après-demain.

Mensonges, encore des mensonges.

– Oui, quel bonheur ! Et si...

Elle se tait en entendant quelqu'un frapper à la porte. *Dieu soit loué.*

– Entrez, dit Emily en reprenant son sérieux.

Une domestique passe la tête, suivie de ma bonne, Eliza.

– Nous sommes venues vous aider à vous habiller, annonce la première.

Je pense que ce doit être la domestique assignée à Emily.

Celle-ci lui demande de nous passer nos sous-vêtements, puis nous essaierons des robes jusqu'à ce que nous trouvions celle qui nous plaît.

Nous sommes assises l'une à côté de l'autre sur des tabourets tandis que les soubrettes lacent nos corsets. Je n'arrive pas à croire qu'on va encore m'infliger ce stupide accessoire. Comment danser alors que je peux à peine respirer ? D'autant plus que j'ai découvert une chose : il y a bel et bien un os de baleine dedans, ce que je trouve répugnant. Et triste. Pour les baleines, s'entend.

Lorsque le corset est jugé suffisamment serré (dans le sens de « Oh, vous avez vu, ses poumons sont gros comme des cacahuètes ! »), les femmes de chambre marmonnent quelque chose au sujet d'un jupon, ce qui doit être l'espèce de combinaison qu'on passe par-dessus le corset. Il est plus doux que je le supposais, ce qui me soulage. Toute consolation est bonne à prendre.

Enfin, j'ai le droit de m'intéresser aux robes en elles-mêmes. Il n'y a que l'embarras du choix : des bleues, des vertes, des rouges, et même des blanches. Certaines sont en coton, d'autres en satin brillant... c'est le nirvana. Je marche dans la chambre pieds nus, mais quelques tapis d'Orient m'évitent d'avoir froid aux orteils.

Le plus bizarre, c'est que je crois que les tapis viennent réellement d'Orient, et sont faits à la main. Ils sont somptueux et très colorés, et je comprends enfin pourquoi c'est devenu la mode. Ce ne sont pas des mochetés à cinquante dollars sorties d'un grand magasin, mais des tapis complexes, élégants, *beaux*.

Emily tient une robe bleu marine devant moi, puis elle plisse le nez et la repose. L'espace d'une seconde, je crois qu'elle va m'en donner une jaune à manches blanches, mais elle la repose aussi.

Puis son visage s'éclaire et elle sort l'une des robes blanches.

– Oh, non, je ne suis pas très fan du blanc, dis-je avec un mouvement de recul. Je t'assure, je vais renverser quelque chose et me faire une grosse tache.

– Mais avec tes cheveux blonds et ton teint de lys, tu auras l'air angélique.

Angélique ? Voilà bien un terme que jamais nul n'a associé à ma personne. J'ai du mal à visualiser des anges aussi maladroits que moi. Mais bon, va pour l'essayage.

La bonne passe la robe par-dessus ma tête et je dois admettre qu'elle semble m'aller. Les petites manches ballon sont plutôt chouettes, bien qu'un peu trop bouffantes à mon goût. Il y a un épais ruban rose poudré juste sous la poitrine, qu'Eliza noue dans mon dos. Le ruban est si long qu'il touche presque terre, et ça me donne un peu l'impression d'avoir une traîne miniature. Elle me tend une paire de longs gants blancs qui doivent monter jusqu'aux coudes et, sans même avoir besoin de me regarder, je *sais* que je suis éblouissante, irréprochable, parfaite.

Le grand sourire d'Emily me le confirme.

Elle se tourne à nouveau vers l'armoire pour chercher sa propre tenue. Son choix se porte sur une jolie robe vert menthe au décolleté rehaussé de perles vertes chatoyantes. Il me semble qu'elle s'enhardit.

Nos bonnes ôtent les papillotes et entament l'interminable opération de relever nos cheveux en chignons qui n'ont rien à envier à ceux des salons de coiffure les plus branchés du XXIe siècle. Un chef-d'œuvre, sincèrement, quand on pense qu'elles n'ont pas de laque. Respect.

– Euh, dis-moi, Emily, y a-t-il quelque chose que je devrais savoir au sujet de ces histoires de danses ? Sûrement, ici, ça n'a rien à voir avec nos soirées américaines. Et de quoi dois-je parler ? Il me faudrait un petit point sur ce que je peux dire et faire ou non.

Le martyre que m'impose Eliza me fait grimacer. J'ai l'impression que la bonne d'Emily est beaucoup plus douce. Pourquoi est-ce moi qui suis tombée sur celle qui a décidé d'arracher les cheveux d'autrui ?

Dans ma vision périphérique, je vois qu'Emily sourit. La fiesta, c'est vraiment son dada.

– Avant tout, sache que dès ton arrivée, si un monsieur t'invite à danser, tu dois accepter à moins d'avoir l'intention de t'abstenir de danser toute la soirée.

– Même s'il est immonde de chez immonde ?

Elle ne dit rien. Je ne peux pas pivoter la tête pour voir son expression.

– Je veux dire... même si je n'en ai pas envie ?

– Décliner l'invitation du premier qui t'invite signifie que tu n'as pas l'intention de danser, et personne d'autre ne te le demandera.

– Ah, capito.

Étant donné que personne ne m'a jamais invitée à danser, je doute que la formalité pose un problème.

– Autre chose ?

Je commence à avoir mal aux fesses, assise sur ce tabouret inconfortable, mais j'ai peur de froisser la robe en remuant.

– Il est inconvenant de parler de la guerre, de politique ou d'argent. Les potins sont toujours un sujet sans danger.

Les potins ? Sans danger ? C'est à mourir de rire. Inutile de lui préciser que je n'en connais aucun.

– Je te montrerai qui est lady Pommeroy. Elle réclamera peut-être des danses particulières et, le moment venu, tu devras te régler sur son pas, ou celui du couple qui dirige. Elle raffole des danses champêtres, ce qui ne veut pas dire qu'elle ne demandera pas un quadrille écossais pour agréer à ses invités.

J'opine de la tête à tout ce qu'elle dit, bien que la moitié des choses m'échappe. La moitié ? Correction. La totalité, c'est du chinois pour moi.

– Je crois que nous voilà prêtes ! s'exclame-t-elle enfin.

Ma bonne me tend un petit miroir à main. Lorsque je vois mon reflet, le choc me laisse bouche bée.

Je suis... belle. Mes cheveux sont relevés en une douzaine de torsades différentes et fixés à l'aide de petites épingles garnies de perles. Des boucles tombent en cascade sur mes épaules.

C'est une véritable métamorphose. En me levant, j'accroche un peigne, qui tombe par terre.

J'essaie de le ramasser. Impossible. Sanglée dans le corset, je peux me pencher en avant, mais pas me courber. Eliza hoche la tête et le ramasse, comme si ça n'avait rien de bizarre.

Je souris et regarde Emily. Ce soir... tout sera différent. *Je serai* différente. Je porte un corset et une robe longue, et des gants et mes Prada à talons hauts (qui, malgré les mauvais traitements que je leur ai administrés, ont été si admirablement nettoyées et cirées qu'elles sont comme neuves), et je vais au bal. Ou plutôt, à une soirée dansante. Emily dit qu'on ne parle de bal que lorsqu'il y a plus de cinq cents invités.

Mais je relèverai le défi. Je suis Rebecca. Je suis intelligente et charmante et ouverte. Tout le monde aime une Américaine qui a des tas d'anecdotes à raconter. Je peux être cette fille. Ce soir, je serai à la hauteur.

15

Alex est assis sur un tabouret dans une petite pièce proche de l'entrée, dont la double porte est grande ouverte. Il ne nous voit pas. Il contemple les braises rougeoyantes dans la cheminée, les mains croisées sur ses genoux.

Je m'arrête dans le vestibule, profitant de l'occasion pour l'observer, et tant pis si Emily me taquine tout à l'heure. Elle est folle de s'imaginer que je l'aime bien. Ce que j'aime bien, c'est le regarder. Dès qu'il ouvre la bouche, tout son charme s'évanouit. Et plus j'en apprends sur son compte, plus je le méprise. Il n'a d'égards pour personne. Ni Emily, ni son propre enfant, ni ses domestiques.

Aujourd'hui, il a troqué ses bottes cavalières contre des espèces de chaussures plus chic et des chaussettes hautes. Je devrais trouver son allure parfaitement grotesque. Vous imaginez, des chaussettes qui montent pratiquement jusqu'aux genoux ? Son pantalon court moulant – ça doit s'appeler une culotte – est bleu marine. Je ne vois pas le devant de sa redingote assortie mais de trois quarts arrière, je constate qu'elle est parfaitement ajustée. Et quand je dis parfaitement... En vérité, cette tenue fait l'effet d'une seconde peau. Dommage qu'il soit si obtus, sinon ce garçon serait franchement remarquable.

En nous voyant, il se lève et s'écarte de la cheminée. Maintenant qu'il est face à nous, je vois qu'il porte un de ses amples foulards blancs, noué autour de son cou. Son gilet est à motifs cachemire bleu et argent, avec des boutons aussi luisants que ses chaussures. Mais ce qui m'attire vraiment, c'est son visage. Cette mâchoire puissante, ces yeux brûlants. Ses pas sont allongés et déterminés, et avant que je puisse prendre une inspiration pour me calmer, il est devant nous.

– Bonsoir, dit-il en s'inclinant.

Emily et moi exécutons notre plus belle révérence.

– Bonsoir, dit-elle.

– Bonsoir, dis-je, bien que cela paraisse totalement redondant.

– Sommes-nous tout à fait prêts ? Le landau attend.

Il insiste sur le mot *attend*, comme si nous étions en retard Emily et moi. Peu importe.

Emily hoche la tête, et je l'imite.

J'ai compris maintenant qu'il existe un mot différent pour qualifier toutes les voitures à cheval. C'est un signe extérieur de richesse. Emily a déclaré un jour que le comte de Porth ne pouvait se permettre de « garder un carrosse » à cause de son accoutumance au jeu, avec l'air de trouver cela déplorable.

Alex possédant quelque chose comme huit voitures, je suppose donc qu'il est cousu d'or. J'ai aussi réalisé que mon estimation initiale du nombre de serviteurs était loin, très loin du compte. Ils doivent être au minimum quarante. Sinon cinquante.

Je me demande si l'un d'entre eux a droit à ses week-ends.

Alors que nous nous apprêtons à sortir, Emily ne trouve rien de mieux que de me faire rougir :

– J'ai prêté cette robe à Rebecca. N'est-ce pas qu'elle lui va merveilleusement bien ?

Rhaa ! Elle était vraiment obligée ? Je ne comprends pas comment elle peut encore voir Alex en peinture. Ça crève les yeux qu'il n'a strictement rien à faire de nous.

Son visage reste aussi impassible qu'à son habitude, mais il se tourne vers moi et son regard vert pénétrant me transperce littéralement. Alors je le soutiens, même si mes joues chauffent à tel point que mon visage tout entier doit ressembler à une tomate trop mûre. Adieu teint de lys.

Je suis convaincue qu'il ne va rien répondre. Quand soudain :

– Oui. Vous êtes ravissante, dit-il.

Et sans mentir, au timbre de sa voix, j'ai l'impression qu'il est sincère.

Emily hoche la tête.

– Nous y allons ?

Nous franchissons l'immense porte d'entrée au moment où une voiture s'arrête devant le perron, les sabots des chevaux claquant sur les pierres. C'est apparemment une décapotable car les bancs sont découverts, et je vois du tissu replié derrière les sièges, qui doit servir de toit si on le tire. Un genre d'écusson, ou plutôt des armoiries sont peintes sur les portières.

Cette voiture, tout enjolivée d'argent, est fastueuse. Elle est tirée par les chevaux les plus luisants que j'aie jamais vus. Ils brillent comme des pièces de monnaie neuves. Il y a deux valets sur la banquette, à l'avant, vêtus de la livrée noire réglementaire de Harksbury. Le premier saute à terre avant même que les roues cessent de tourner, et abaisse un marchepied. L'autre reste sur le siège et tient les bêtes immobiles. L'un des chevaux caracole sur place dans un cliquetis de harnais. L'ensemble est très sophistiqué, c'est le grand luxe.

Alex m'escorte jusqu'à la voiture, et j'ai une conscience aiguë de l'effet que produit sur moi sa proximité. Il se tient à côté de la portière et me présente son bras pour m'aider à grimper. Je remarque la manière dont la manchette de sa veste est retournée sur sa main. Ses articulations disparaissent presque sous la manche, et je vois un autre bouton briller près de son poignet. À coup sûr, cette redingote coûte davantage que tout ce que je possède. Même mes chaussures.

Il est debout là, avec son visage légèrement relevé et une expression tellement arrogante dans les yeux que je flirte avec l'idée de faire comme si sa main n'existait pas pour monter toute seule, mais je ne veux pas l'énerver. Aussi je pose brièvement mes doigts gantés sur le bout des siens et m'efforce ne pas sentir les picotements brûlants que ce contact envoie dans mon bras.

Pourquoi tant d'amabilité ? Parce qu'il est réellement gentil ou bien est-ce la galanterie de rigueur pour un garçon de son rang ?

Emily s'assied sur le siège à côté de moi. Alex prend place en face, et tout à coup l'air est moite et un peu trop lourd. On ne peut pas s'ignorer mutuellement, alors on se regarde en chiens de faïence.

Mais qui aurait envie de parler à un type pareil ?

La brise qui souffle dans le landau est douce. Emily et moi portons sur nos robes des capes doublées de fourrure. La mienne est d'un joli rose, de la même teinte que le ruban sous ma poitrine.

J'essaie de trouver quelque chose de brillant ou de spirituel à dire pour prouver que je suis géniale, mais rien ne me vient à l'esprit. Et personne n'a encore prononcé une parole quand nous franchissons les larges grilles en fer forgé de Harksbury.

C'est Emily qui brise le silence.

– Le ciel avait une très belle nuance de bleu aujourd'hui. Tu ne trouves pas, Rebecca ?

Je souris et hoche la tête.

– C'est vrai.

– Pourquoi le ciel est-il bleu, à ton avis ? Pourquoi pas vert ou rouge ?

Je hausse les épaules et suis son regard. Le soleil est presque couché, le bleu pâle de la journée se transforme en velours sombre.

– C'est une question d'ondes lumineuses. Le bleu ne se diffuse pas de la même façon que le rouge.

Emily m'adresse un regard perplexe.

– Tu dis parfois des choses étranges, Rebecca.

Je souris, un peu gênée. Je ne devrais montrer ma facette de première de la classe que sous la contrainte. Il existe certainement un chapitre là-dessus dans le *Guide de l'ascension sociale sous la Régence anglaise.*

– De quoi donc parlez-vous là ?

La voix d'Alex est si grave et si inattendue que je détache brusquement les yeux des premières étoiles pour le regarder.

– Je vous demande pardon ?

– Les ondes lumineuses. Que voulez-vous dire ?

Ah. Il fallait s'en douter.

– Euh, eh bien, la lumière arrive du soleil par vagues. De couleurs. Et elles réfléchissent différentes choses dans l'atmosphère et... Oh, peu importe.

Ça ne sert à rien d'expliquer tout ça, c'est beaucoup trop compliqué.

Alex me fixe longuement, puis il se tourne de nouveau vers le ciel.

– Et qui vous a dit une telle chose ?

Je grogne.

– Des gens beaucoup plus intelligents que vous.

– Je suis plus intelligent que vous ne le pensez, réplique-t-il en évitant mon regard.

Il fait quasiment nuit à présent, je ne vois pas à quel paysage il peut bien s'intéresser.

– Et moi je ne suis pas aussi ignare que vous le croyez, dis-je.

Il se retourne si brutalement que je m'étonne qu'il ne se froisse pas un muscle du cou. Sa mâchoire se contracte, mais il garde le silence.

Je le mets au défi de protester. Je suis tout ouïe. Mais il se détourne à nouveau.

Emily désamorce la tension.

– Pensez-vous que Denworth sera à la soirée ?

Sa voix est à peine un murmure, mais je perçois l'espoir derrière ses paroles. L'espoir que son futur mari soit à des kilomètres de là.

– Habite-t-il près d'ici ?

– À une heure de route environ de Harksbury. J'espère de tout cœur qu'il ne sera pas présent.

Alex cesse de s'intéresser à la végétation, le temps de regarder Emily.

– Vous feriez bien d'agréer ces fiançailles, la réprimande-t-il.

Pour qui se prend-il ? Pour son père ? Ils ne sont que cousins ! Cela ne lui donne aucune autorité sur elle.

– Oui, Votre Grâce, répond docilement Emily.

– Pourquoi ? dis-je soudain presque malgré moi.

Il tourne la tête vers moi.

– Parce que c'est son devoir de respecter la volonté de son père.

– Et ensuite celle de son mari, je suppose ?

– Bien entendu.

– Et quand pourra-t-elle agir selon sa volonté à elle ?

Alex a l'air confondu. Il cligne deux fois ses yeux frangés de longs cils, mais ne répond pas.

Heureusement, j'en ai assez à dire pour nous deux. Pourquoi suis-je incapable de plaider ma cause face à trois pin-up de ma classe, alors que quand il s'agit d'Emily, je deviens farouche comme une lionne avec ses petits ? À moins que ce ne soit Alex qui fasse ressortir cet aspect de ma personnalité.

– Emily a droit aux mêmes prérogatives que vous. Elle devrait pouvoir prendre ses propres décisions.

Il croise les bras, avec une expression de plus en plus pédante.

– Vous considérez qu'une femme doit avoir les mêmes droits qu'un homme ? En est-il réellement ainsi en Amérique ?

– Oui ! Et si vous portiez un minimum d'affection à votre cousine, vous ne resteriez pas les bras ballants !

En prononçant ces mots, je ne sais plus à qui je fais allusion, à Emily ou à la fille d'Alex.

Il me toise, ses yeux s'assombrissant encore plus. Cela me coupe net dans mon élan et ma colère reflue. Je sens que j'ai été beaucoup trop effrontée. Son regard perçant m'effraie. Sait-il que je suis au courant pour les lettres ?

– Chacun a sa place en société. Vous feriez bien de garder la vôtre.

Sur ce, apparemment pour signifier que la discussion est close, il se tourne vers la forêt.

La nuit s'annonce longue.

16

Le landau ralentit devant le perron d'une demeure presque aussi majestueuse que celle d'Alex. Elle n'a ni baies vitrées cintrées ni tout à fait la même classe élégante, mais elle est également en pierre, et plus grande que tout ce que j'ai pu voir chez moi. La longue allée est flanquée de part et d'autre de centaines de lanternes. Notre cocher suit le chemin en courbe pour conduire l'attelage devant l'entrée. Trois autres voitures sont déjà derrière nous.

Suis-je ridicule d'être fière que notre landau soit nettement plus luxueux que les voitures des autres ? Beaucoup ne sont tirées que par deux chevaux. Nous en avons quatre. Détail non négligeable, je crois.

En fait, je commence à toucher du doigt toute cette histoire de haute société élitiste. Je parierais qu'un duc est l'équivalent d'un quarterback vedette. De sorte qu'Alex est riche, sexy, *et* puissant. Et c'est plus ou moins mon cavalier. Bon d'accord, pas exactement, mais si on était au bal du lycée, je m'éclaterais à la jouer comme s'il m'accompagnait. Et en plus, dans mes fantasmes, il n'aurait pas avalé son parapluie.

Il doit y avoir dehors une centaine de chevaux et à peu près autant de personnes, probablement vêtues à la dernière mode : robes taille Empire, étoles en fourrure, couleurs vives, satin brillant... le grand jeu. Tous les hommes sont en costume, leurs chaussures et leurs boutons brillent tellement qu'on pourrait se regarder dedans. Les couleurs et les styles me font davantage penser à un film de Bollywood que la sobre tenue d'Alex. Alors que les autres sont pomponnés pour faire la fête, on dirait qu'il se rend à un enterrement.

Le peu de décontraction dont il a fait preuve durant le trajet est remplacé par une échine rigide et un visage hautain. Moi qui croyais qu'il ne pouvait pas paraître encore plus coincé ! Emily lui prend un bras et je réalise que je suis censée prendre l'autre. Je soupire et entoure son coude de mes doigts. Son bras se raidit sous mon contact, et je me demande si cela signifie que monter les marches du perron avec moi est la corvée du siècle.

Pourquoi cette pensée me contrarie-t-elle ? Ce type est nul, même si tout cet apparat et cette courtoisie sont je dois bien l'avouer... charmants.

Mais il suffit que je me remémore les lettres et le charme se dissipe instantanément. Je sais ce que c'est que de grandir sans la présence de son papa. Cet enfant, quel qu'il soit, ne mérite pas ça. Et monsieur va au bal au lieu de s'occuper de sa famille ! Il n'y a rien de charmant à esquiver ses responsabilités.

Dès que nous entrons, je vois une douzaine de domestiques en perruques poudrées alignés dans le vestibule, qui récupèrent les manteaux. Je dénoue ma cape et me retourne, l'un d'eux la fait glisser de mes épaules, puis fait de même pour Emily. Nous suivons le flot ininterrompu de gens dans un long et large couloir qu'une multitude de bougies baignent de lumière jaune. De part et d'autre, les flammes dansent sur notre passage. La rumeur des conversations me fait penser à de l'énergie électrique, et soudain je me sens bourdonner d'adrénaline. Au bout du corridor, deux grandes portes sont ouvertes et lorsque je pénètre dans la salle, je suis tellement impressionnée que ma main tombe toute seule du coude d'Alex. Il est rapidement entraîné dans une conversation par un couple qui se trouve à ma gauche, mais, quant à moi, je reste figée sur place.

Je suis dans une salle de bal. Elle doit être aussi grande que le gymnase du lycée, et, évidemment, pas grand-chose à voir question déco. Des colonnades soutiennent un haut plafond orné de coffrages carrés. Des rideaux bleu pastel recouvrent pratiquement tous les murs, drapés et enserrés dans des embrasses à glands dorés. Une véranda dans un coin accueille un orchestre. La musique enjouée flotte au-dessus des invités.

Des lustres et des appliques sont suspendus partout, des centaines de flammes jettent une lueur romantique sur la foule. Le sol en marbre reluisant est occupé par près de deux cents personnes. La plupart dansent et, horrifiée, je constate que ça ressemble à une sorte de chorégraphie que tout le monde a l'air de connaître. Debout en rangs, ils se tournent autour en frappant dans leurs mains et en tourbillonnant.

Je les contemple en me rappelant ce que m'a dit Emily au sujet de danses champêtres et de quadrilles, et je comprends qu'elle parlait de danses en ligne !

– Je...

Je m'apprête à expliquer que je ne saurai jamais faire, quand un garçon s'approche d'Emily.

Il est plutôt mignon. Un peu plus âgé, peut-être une vingtaine d'années, mais grand et musclé, avec des cheveux blond roux et des yeux bleus pétillants. Contrairement à Alex, il est vêtu d'habits de couleurs gaies : une redingote bleu vif à rayures bordeaux et un foulard assorti, négligemment noué. Un sourire illumine son visage, comme si le monde était à ses pieds et qu'il ne pouvait pas être plus heureux.

Je décide immédiatement qu'il me plaît.

Il plonge les yeux dans ceux d'Emily, qui lui rend son sourire.

– Mademoiselle Thorton-Hawke, quel plaisir de vous voir, dit-il en s'inclinant profondément.

Elle fait une révérence, si basse que ses genoux touchent littéralement le sol, et sa robe vert menthe s'épanouit en corolle autour d'elle.

– Tout le plaisir est pour moi, répond-elle d'une voix chantante que je reconnais à peine.

– Me réserverez-vous la prochaine danse ?

Elle acquiesce, et il sourit avant de disparaître dans la foule. Pendant une seconde, je me demande si elle ne fait que suivre sa règle consistant à accepter la première invitation à danser, mais je comprends vite que je n'y suis pas du tout.

Dès qu'il est suffisamment loin pour ne plus nous entendre, elle pousse un petit cri et me saisit la main.

– Oh, comme j'espérais le trouver ici !

Je hausse un sourcil.

– Il s'appelle Trent Rallsmouth. Nous nous sommes rencontrés lors d'une soirée dansante. Il est le fils d'un riche marchand... et l'objet de toute mon adoration.

Je veux lui dire quelque chose, mais devant ses yeux brillants, les mots ne sortent pas. Trent. C'est lui. Ma solution. D'une manière ou d'une autre, c'est avec lui qu'elle doit être.

Pas Denworth. Il faut que ce soit Trent.

Si j'échoue, Emily ne sera pas seulement condamnée à se marier avec Denworth, cela signifiera aussi qu'elle ne pourra pas aimer Trent. Et jamais plus elle ne sourira comme elle le fait maintenant.

Je ne laisserai pas se produire un drame pareil. D'une part, je le lui ai promis. D'autre part, ça pourrait me permettre de rentrer chez moi.

– Et donc, vous en êtes où ?

Elle me regarde sans comprendre.

– Je veux dire... Trent et toi... vos sentiments sont réciproques ?

– Je n'en suis pas certaine. Je le crois.

Elle détourne les yeux un bref instant, puis soupire.

– D'après mon père, c'est sans importance, puisque je suis fiancée à un autre homme plus... *approprié*. Trent est d'une condition inférieure à la mienne, et mon père refuse de me laisser épouser un garçon qui ne serait pas un gentilhomme.

J'avale ma salive et fixe la foule comme si cela allait m'aider à trouver les paroles justes, mais je ne peux que rester là debout, silencieuse. Comment m'y prendre pour rectifier le tir ?

Je devais m'amuser, ce soir, et voilà que les choses se compliquent. Les fiançailles d'Emily sont devenues concrètes. La douleur qu'elle va éprouver... Tout est réel. Il faut absolument que je fasse quelque chose.

Et par-dessus le marché, je ne connais aucune de ces danses ! Dès la prochaine, je vais rester plantée là toute seule pendant qu'Emily filera rejoindre Trent. Style mon pire cauchemar transformé en réalité.

Finalement, l'année 1815 n'est pas si différente du XXIe siècle : c'est pile-poil ce qui se passerait si j'étais en Amérique. Même entrer dans la peau de Rebecca n'a rien résolu.

Comment ai-je pu l'espérer ? Enjamber l'Atlantique n'a pas changé mon sort. Enjamber deux siècles, manifestement, n'y peut rien non plus.

17

Je me mordille les lèvres en scrutant la foule, composée d'un mélange de genres : hommes et femmes, jeunes garçons et jeunes filles (bien que personne n'ait apparemment moins de quatorze ans). À voir leurs tenues vestimentaires, certains doivent être très riches, d'autres moins. Et pourtant nul ne semble s'en soucier, car ils dansent et rient et sourient, et je crève d'envie de faire partie de la fête.

Pourquoi est-ce impossible ? Pourquoi est-ce que je me retrouve toujours dans le rôle de la victime ? J'ai la peau qui me démange, tellement j'aimerais sortir de moi-même, m'élancer sur la piste et bannir l'ancienne Callie.

Mais comment faire ? Je vais encore trébucher dans mes jupons ou télescoper quelqu'un. Je suis trop stressée par cette perspective pour m'obliger à bouger.

À un endroit de la salle, il y a un essaim de jeunes filles, et je plisse les yeux pour voir ce qui accapare leur attention. Puis quelqu'un essaie de sortir du cercle, et je réalise avec stupeur que c'est Alex. Elles le couvent des yeux pendant qu'il cherche à s'extraire du groupe.

Ça alors, il est censé incarner l'homme idéal ? Elles sont loin de se douter que c'est un vrai naze. Quand je pense à ses répugnants secrets... Si elles savaient ce que je sais, elles se tiendraient à distance.

L'une d'elles tire sur sa manche et dit quelque chose, et il jette un coup d'œil vers la piste. Vient-elle de l'inviter à danser ?

Ils continuent à parler une minute et ça me permet d'examiner tranquillement son profil. Ses cheveux noirs et ses yeux maussades et brillants, ses lèvres charnues et le dessin de sa mâchoire, ses larges épaules et ce ridicule foulard qu'il a noué je ne sais combien de fois autour de sa gorge. Il s'éloigne de la fille, on dirait presque qu'il se pavane.

Je ricane intérieurement. Il me fait penser à un chat en maraude, ou à un paon. Oui, un paon, compte tenu de sa suffisance et de son orgueil.

À cet instant, la musique s'arrête et la foule se disperse tandis que de nouveaux danseurs prennent la piste d'assaut. Avant que je puisse dire un mot, Emily me tend son verre et file retrouver son... comment l'appeler ? Son soupirant ? Je suppose qu'on n'a pas de *petit copain*, à cette époque.

Je reste en périphérie, avec le sentiment soudain d'avoir déjà vécu ça. Pourquoi ce bal ressemble-t-il à toutes les soirées auxquelles je suis allée ? Notez que mon expérience en la matière est plutôt maigre. Mais j'étais quand même au bal de fin de quatrième. Et j'ai même *essayé* d'aller au grand bal du lycée l'an dernier avec Katie, mais on n'y est restées que vingt minutes. Elle s'était complètement plantée sur ses estimations du nombre de célibataires, et on est passées pour deux lamentables exclues de la société. On est rentrées et on a loué des films et prétendu que de toute façon, c'était trop nul comme fête.

Je fais un discret tour d'horizon, sensible à l'extrême à tout mouvement, sachant que j'ai l'air pitoyable. Je remarque des chaises dans un coin de la salle, un peu cachées derrière des rideaux de velours, et je m'y réfugie. Une fois assise, je reste en retrait. Sans être tout à fait invisible, je me sens tout de même moins apparente, et avec un peu de chance personne ne me remarquera.

Je joue avec les doigts de mes gants et essaie de donner l'impression que je ne fais pas totalement tapisserie.

Je respire lentement ; on se calme. Nous sommes en 1815. Je suis Rebecca. La coqueluche des salons avec ses morceaux de piano à quatre mains et ses anecdotes sur l'Amérique.

De là où je suis, j'ai un assez bon champ de vision. Je peux mettre au point une stratégie pour la prochaine danse si j'observe bien attentivement le processus. Une femme semble diriger les opérations et décide exactement de la manière dont va s'exécuter la danse. Puis la personne suivante imite ses pas. Peut-être s'agit-il de

Mme Pommeroy. Ou plutôt lady Pommeroy. Bref. J'étudie les danseurs dix bonnes minutes en essayant de mémoriser les figures. C'est assez répétitif, en fin de compte. Un demi-tour par-ci, un claquement de mains par-là, et hop, retour au bout de la ligne. Je devrais pouvoir m'en sortir. Enfin, à supposer que quelqu'un m'invite à danser.

Le morceau n'en finit plus. Quinze minutes plus tard, ils y sont encore. Je déniche Emily au milieu de la marée de visages, elle rayonne. Trent la regarde comme si elle était la seule fille de la soirée.

Oui, ils sont amoureux, même s'ils ne le savent pas encore. Je les observe cinq minutes. De temps en temps, de la cire tombe des lustres accrochés au plafond, mais ils sont dans leur bulle. Ils rient et dansent et se dévorent des yeux, et je parie que si la maison prenait feu, ils ne le remarqueraient même pas.

Emily est mon amie, mais en la voyant aussi radieuse, je ressens un pincement familier. Je n'ai jamais éprouvé ce genre de bonheur. Ni au XXIe siècle ni jamais. Même Katie était sortie avec un garçon un mois avant de déménager. Et moi je suis là, avec mes quinze ans en bandoulière, sans avoir jamais embrassé un garçon. Pourquoi ? Qu'est-ce que j'ai ? Je suis si minable ?

Je me relève, gauchement à cause du corset rigide, et il s'en faut de peu que je bouscule une fille qui doit avoir deux ans de plus que moi. Ses cheveux dorés ont la couleur de la paille, mais ils sont tortillés et relevés en plusieurs tresses si serrées que ça lui donne l'air d'être de mauvaise humeur et d'avoir abusé du Botox.

– Oh... pardon. Excusez-moi.

Mais en me retournant, j'aperçois Alex qui se dresse face à moi, un garçon plus âgé dans son sillage. Je me retrouve coincée entre deux inconnus et un garçon dont je préférerais qu'il soit un inconnu. Qu'est-ce qui m'a pris de quitter ma planque derrière les rideaux ?

– Je vois que vous avez rencontré lady Everson, dit Alex en montrant la jeune fille blonde que j'ai poussée. Lady Everson, voici mademoiselle Rebecca Vaughn, notre hôte à Harksbury.

Je fronce les sourcils.

– Pourquoi est-elle une lady et moi une simple demoiselle ?

Il entrouvre les lèvres, sidéré.

– Pardon ?

– Pourquoi ne m'avez-vous pas qualifiée de lady ?

La fille se retient de pouffer et avance d'un pas, histoire d'être aux premières loges pour assister au soufflet verbal qui se profile. L'inconnu derrière Alex se rapproche aussi. On dirait que nous avons un public.

– Parce que vous n'êtes pas une lady.

Stupéfaite, je demande :

– Qu'est-ce que c'est censé signifier ?

Il hausse un sourcil et me contemple comme si je lui posais une question idiote.

– Une lady fait partie de la pairie. Par alliance ou par filiation. Ce n'est pas votre cas.

Voilà qui ne manque pas de sel, venant d'un gugusse qui a un enfant illégitime.

– D'où je viens, on est une lady lorsqu'on se comporte comme telle. Lorsqu'on se conduit avec dignité et respect. Ce n'est pas un titre de noblesse auquel nous donne droit je ne sais quel arbre généalogique.

Il hausse un sourcil mais ne répond pas.

Le culot de ce type ! Affirmer que je ne suis pas une lady ! Me présenter à cette fille comme si elle valait mieux que moi ! Est-ce qu'il va enfin cesser de me prendre de haut et comprendre que je vaux aussi bien que n'importe qui même si je suis roturière ?

L'inconnu s'éclaircit la gorge.

– Pardonnez-moi, Votre Grâce, dit-il en le saluant.

Alex s'incline également, mais moins profondément. Indication que le rang de l'autre est moins élevé ? L'idée est cocasse, étant donné qu'Alex paraît beaucoup plus jeune.

– Bonsoir, lord Brimmon, dit-il.

Sa voix est froide et détachée, comme hier soir au dîner.

– Belle soirée pour danser, n'est-ce pas ?

L'autre a largement plus de vingt ans, et ses cheveux bruns ont des reflets auburn. Il est plus petit qu'Alex et semble moins soigné, mais il a des yeux noisette étincelants et un corps mince, et il est relativement séduisant. Enfin, pour un type plus âgé, bien sûr.

– En effet, répond Alex.

Son regard passe alternativement de moi à la fille. Il a peur que je me mette à lui crêper le chignon dès qu'il arrêtera de nous surveiller ? Pitié. C'est *lui* qui m'insupporte. Je n'ai rien contre elle.

– Pourriez-vous me présenter à ces deux charmantes ladies ?

J'esquisse un sourire narquois. Ce type, au moins, m'accorde le bénéfice du doute.

– Certainement. Puis-je vous présenter lady Everson et mademoiselle Rebecca Vaughn ?

J'ai du mal à ne pas me rembrunir devant une telle pédanterie.

– C'est un plaisir de vous rencontrer, lady Everson, mademoiselle Vaughn. Me feriez-vous l'honneur de m'accorder cette danse ?

En me relevant de ma révérence, je réalise que c'est moi qu'il regarde. Je crois que pendant un temps, j'arrête de respirer, car chacun des muscles de mon corps se fige. Je ne cille même pas. Ce gars préfère danser avec moi plutôt qu'avec cette « lady » ! C'est tout ce que j'espérais, et pourtant, je suis paralysée de frayeur. On ne m'a jamais invitée à danser. Jamais. Je suis partagée entre angoisse et jubilation.

– Ne préféreriez-vous pas danser avec lady Everson ? intervient Alex.

Et avant même que je comprenne ce qu'il fait, il pousse délicatement lady Everson devant moi, m'empêchant de voir Brimmon.

– Après tout, elle est pairesse, ajoute-t-il.

Interdite, je vois les deux danseurs s'éloigner.

Quand Alex se tourne vers moi, je sors bec et ongles :

– Vous êtes l'individu le plus ridiculement arrogant que j'aie jamais rencontré de toute ma vie !

Je pivote sur mes talons et m'en vais.

J'ai parcouru deux mètres lorsqu'il m'immobilise, une main sur mon épaule.

– Mademoiselle Vaughn. Puisque vous êtes mon invitée, nous allons danser ensemble, c'est l'usage.

Je grogne.

– Oh, non, inutile. Je ne veux pas être votre œuvre de bienfaisance. Vous feriez mieux de...

Mais il me prend la main, la place sur son coude et commence à m'emmener vers la piste au moment où la musique reprend. La moitié des invités nous observent. Je peux difficilement arracher mon bras et lui écraser le pied sans passer pour une folle furieuse. Surtout si je veux qu'un garçon *sympa* m'invite, après.

Et puis, si Emily a raison, je ne peux pas refuser de danser avec le premier qui m'en fait la demande, ça signifierait que je fais une croix dessus pour toute la soirée.

Je n'avais pas imaginé que mon premier cavalier serait Alex.

Zut et zut et rezut.

Nous prenons place au milieu de la rangée. Il salue, je fais une révérence et je suis ses mouvements ; nous avançons et reculons plusieurs fois, sur la pointe des pieds lorsque nous sommes proches, nous inclinant un peu lorsque nous nous éloignons. Tout ce que je fais est en décalage d'un demi-pas par rapport à lui, mais on ne s'en sort pas si mal.

Ma colère bouillonne toujours sous la surface. C'est grotesque. Il danse avec moi par obligation, mais en réalité il ne me trouve pas assez bien pour lui. Ni pour quiconque doté d'un titre de noblesse. Je savais bien que ma première impression était la bonne. Je savais qu'il ne valait pas un clou. Dans le genre insultant, on ne fait pas mieux !

Il lève les mains face à moi, et j'appuie les paumes contre les siennes. Nous décrivons une sorte de cercle ainsi, nos mains gantées l'une contre l'autre. Bénis soient nos gants : je ne veux pas toucher ce sale type.

Nous changeons de côté et tournons dans l'autre sens, cette fois ce sont nos mains droites qui se touchent.

Cette danse ressemble beaucoup à celle que j'ai vu Emily exécuter pendant une demi-heure et, à la troisième reprise, je suis à l'aise. Je me sens un peu ridicule parce qu'une fois qu'on s'est salués et qu'on a tourné en rond, il y a ce passage où on se tape dans les mains. Et ça fait bien dix ans que je n'ai pas tapé comme ça dans les mains de quelqu'un. Mais vous connaissez l'adage : « À Rome, fais comme les Romains. » Et dans la mesure où je porte un corset, autant jouer le jeu jusqu'au bout. J'ai de la chance de ne pas me prendre les pieds dans ma robe longue, qui frôle le sol tout autour de moi.

Il pense sérieusement que je ne mérite pas lord Brimmon ? Je ne suis peut-être pas noble comme la moitié de ces gens, mais quand même, ce type ne me demandait pas de l'épouser, il voulait juste danser ! Impossible que je puisse ternir sa réputation *aussi vite*.

Au bout d'une dizaine de minutes, j'oublie providentiellement où je suis (et avec qui je danse), et je commence à m'amuser. Alex et moi remontons toute la rangée de danseurs, et c'est à nous de faire cette parade idiote jusqu'au bout de la file, où son bras est accroché au mien et l'on doit sautiller tout du long. Je me rends compte que je souris. Je crois que c'est la première fois, depuis que je suis tombée dans ce monde de fous, que je ne suis pas obnubilée par l'envie de rentrer à la maison ni par la galère incroyable dans laquelle je me trouve. Je suis même détendue et je m'amuse sans m'embarrasser de ce qu'on peut penser de moi. En toute honnêteté, j'ai du mal à me souvenir d'une circonstance où j'ai été aussi naturelle dans mon XXIe siècle. C'est agréable. Je me sens libre. J'ai envie que ça dure indéfiniment.

La danse est prévue pour interdire toute conversation, et je peux faire assez facilement abstraction du fait que je danse avec Alex.

Je respire un peu vite. Ma poitrine virtuellement inexistante pigeonne presque jusque sous mon menton, et ma cage thoracique est comprimée par le corset, de sorte que j'ai un peu de mal à reprendre mon souffle.

Lorsqu'il brise le silence, c'est d'un ton hésitant :

– Je n'avais aucunement l'intention de vous... insulter, tout à l'heure.

– Ben voyons, dis-je avec ironie.

– Sincèrement. Je ne voulais pas vous...

– Me traiter comme si j'étais de seconde zone ?

Je ne veux pas en parler. Je ne veux pas parler *du tout.*

Nous tournoyons et nous écartons, ce qui le prive de l'occasion de répondre. Je pivote autour d'un autre couple, puis reviens vers lui.

– Laissez tomber. Je n'ai pas besoin de réponse. C'est, enfin, c'est bon. Sérieusement. Je... ça va.

Et voilà que je recommence à bavasser, et en plus avec une expression amère. Ou vexée. Ce qui est la dernière chose que je souhaite, parce qu'il va savoir que ses mots m'ont effectivement atteinte, alors que ce qu'il peut penser de moi ne me fait ni chaud ni froid. Et toc.

– Vous me trouvez prétentieux, dit-il en profitant d'une occasion où nous sommes à nouveau réunis.

C'est une affirmation, pas une question.

Je le regarde pour voir s'il est en colère. Mais non, il me contemple simplement en attendant ma réponse. Son visage n'exprime rien mais ses sourcils sont légèrement froncés, comme perplexes, ce qui me rend encore plus indécise quant à la réponse que je suis censée donner. Est-ce que je dois la jouer sincère ?

– Totalement. Je ne vois d'ailleurs pas pourquoi vous avez tenu à danser avec moi. Oser vous afficher avec une femme de mon rang ! dis-je d'un ton dégoulinant de sarcasme.

Je comprends un peu tard que j'en ai trop fait. Certes, je le déteste, mais je ne peux tout de même pas me montrer si grossière avec celui qui doit me ramener à la maison. Celui chez qui je m'incruste. Du coup, j'ajoute :

– Vous savez quoi ? Peu importe. Contentons-nous de danser. En silence.

Peu après, le morceau se termine et je lâche sa main.

Il s'incline, et je fais une révérence, mais sans le regarder.

D'accord, il est craquant, mais plus borné, tu meurs.

18

Le lendemain, Emily s'évertue à m'enseigner un art dans lequel elle excelle : la tapisserie.

Je suis nulle. Il m'a fallu dix minutes rien que pour enfiler l'aiguille, et le fil s'en est échappé presque aussitôt.

Ce qui signifie à coup sûr que je ferais une épouse déplorable, dans les années 1800. La tapisserie, c'est plus ou moins le b.a.-ba de la parfaite maîtresse de maison. N'empêche qu'Emily prend cela très au sérieux, assise bien droite sur une chaise tapissée de brocart, son aiguille filant à travers le tissu à la vitesse de l'éclair.

Nous sommes installées dans une espèce de salon ou de boudoir (si vous voulez mon avis, ils ont beaucoup trop de pièces dans ce castel), au premier étage de l'aile ouest. Celui-ci est décoré dans un éclatant camaïeu de bleus, des rideaux aux tapis, jusqu'au tableau situé au-dessus de la cheminée ouvragée, qui représente un navire en pleine tempête.

Je suce l'extrémité du fil pour essayer de le raidir au moment où Alex fait son entrée.

Il nous salue toutes les deux et quand il prend la parole, sa voix emplit la pièce, beaucoup plus forte et plus tonitruante que ne devrait l'être une voix avant midi.

– J'ai l'intention de me promener à cheval sur les terres, aujourd'hui. Désirez-vous m'accompagner ?

J'ouvre la bouche pour répliquer un sec « Sans façon, plutôt mourir », mais Emily me devance.

– Comme c'est gentil à vous ! Nous en serions ravies.

Hein ? Je ne comprends toujours pas comment Emily peut ne pas haïr son cousin. Il n'a rien fait pour lui épargner ses fiançailles, et malgré tout elle est volontaire pour sortir avec lui ?

Un prétexte. Il faut que je trouve un prétexte pour me débiner.

Alex s'approche de la fenêtre et regarde dehors, offrant une vision plutôt flatteuse de l'arrière de son pantalon équestre.

– Avez-vous passé une bonne soirée hier ?

Nous ferait-il la conversation ? C'est une première !

– Oh, oui, répond Emily. C'était merveilleux.

J'opine de la tête.

– Oui, c'était sympa.

Je n'avouerai pas que je me suis bien amusée parce que je ne veux pas qu'il se fasse des idées. Il n'a pas besoin de savoir que danser avec lui a été la demi-heure la plus grisante de la soirée *et* la plus atrocement interminable de toute mon existence.

Alex me considère un long moment. Je suppose qu'il va mettre sur le tapis le fiasco de la « lady » *versus* la « demoiselle ». Ou simplement évoquer le fait que nous avons dansé. Mais non.

– Oui, je me suis beaucoup amusé aussi, dit-il.

Qu'est-ce que ça signifie ? Je suis la seule avec laquelle il ait dansé. De toute la soirée. Est-ce qu'il essaierait de me transmettre un message ? Ha ! Évidemment : il veut dire qu'il s'est bien amusé à m'insulter.

C'est l'instant que choisit Emily pour se frotter le front. Elle pose son ouvrage et fronce les sourcils, et se masse la tempe en décrivant des mouvements circulaires.

Au secours, dites-moi que je me trompe...

– Mon cher cousin, je crains d'être prise d'une migraine. Il est préférable que vous sortiez sans moi, Rebecca et vous.

Je tressaille en entendant *Rebecca.* Chaque jour qui passe me donne l'impression que notre amitié se renforce... et que je la trahis davantage.

Là-dessus, elle se tourne vers moi, sachant qu'Alex ne peut la voir, et *m'adresse un clin d'œil.*

En comprenant ce qu'elle prémédite, j'essaie de protester. Je *rêve* ! Me promener à cheval seule avec Alex ? Non merci !

– Oh non, je...

Mais Alex m'interrompt en disant à Emily :

– Bien sûr, il vaut mieux vous reposer. Nous viendrons prendre de vos nouvelles à notre retour.

Halte-là ! Ce n'est pas comme ça que j'ai envie de passer mon après-midi. Je préférerais encore me faire dévitaliser une dent que rester seule avec Alex.

D'un autre côté... c'est probablement l'occasion idéale de lui parler d'Emily. Peut-être qu'il n'est pas au courant, pour Trent. Emily a bien dit que Trent avait de l'argent, non ? À défaut d'être noble, il est riche. Si Alex savait qu'ils sont amoureux... peut-être qu'il libérerait Emily de ses obligations envers Denworth ?

C'est sans doute cela qu'elle espère en me laissant en tête à tête avec son cousin. Eh bien après, elle me devra une fière chandelle.

Je peux gérer le dossier. Je peux passer quelques heures avec lui. Le temps de lui parler et de le convaincre de nous aider.

Emily saute de sa chaise beaucoup trop vivement pour quelqu'un qui souffre d'une migraine et quitte le salon sans me laisser le temps de dire ouf.

Je me frotte les yeux. Et je m'apprête à passer le plus long après-midi de ma vie.

19

– Bon. Donc je soulève le pied, dis-je en montrant la pointe de ma Prada, et je le glisse dans ce... cet *objet* ?

L'expédition vire au cauchemar. Déjà, il a fallu que j'enfile une tenue d'équitation. Comme si je savais à quoi ça ressemble. Et maintenant, on me demande de monter en *amazone*. Sérieusement. Ce n'est pas déjà assez difficile de faire du cheval avec une jambe de chaque côté de l'animal ? Je ne sais même pas encore conduire une voiture !

Alex hoche la tête.

– L'étrier.

Il a une main sur les rênes et de l'autre il me tient l'étrier. Deux palefreniers sont dans les parages, vaguement dépités, apparemment. Je crois qu'ils avaient prévu de m'aider. Alex est si proche que je sens son odeur, cette odeur musquée masculine qui me donne envie de poser ma tête sur sa poitrine et de la respirer.

Ce qui est totalement affligeant : il faut que j'arrête de dérailler.

C'est un sale type. Ne l'oublie pas.

Je loge mon pied dans l'étrier et dois sautiller un peu sur place pour ne pas perdre l'équilibre, du coup mon pied dérape et tout est à refaire. Le cheval tourne la tête et me regarde d'un air de dire *alors quoi, tu es toujours là ?*

Muet et impassible, Alex tient l'animal et attend que je recommence. Il doit fulminer intérieurement devant mon incompétence.

Je réitère l'opération. Cette fois, je parviens à coincer mon pied dans l'étrier et ma main à hauteur du pommeau et, après quelques petits sursauts pour me donner de l'élan, je me hisse de tout mon poids sur l'étrier. Alex doit me prendre la taille pour m'aider à grimper sur la selle. Il me faut pratiquement cinq minutes pour m'installer, et il reste là, à tenir les rênes pour empêcher le cheval de bouger tant que je ne serai pas prête.

– Merci, dis-je.

Je sens l'endroit où ses doigts ont touché mes hanches, comme s'ils y étaient encore. Consternant.

– Je vous en prie, répond-il en lâchant les rênes. Êtes-vous prête ?

Je hoche la tête et soudain, c'est moi qui ai les rênes entre les mains. Je tire dessus si fort que le cheval commence à reculer.

– Eh, oh ! Que dois-je faire ?

Je m'affole parce que le cheval *bouge*. Et dans le mauvais sens.

Alex revient vers moi.

– Donnez du jeu. Je vous promets que cette jument ne piquera pas un galop. Laissez flotter un peu les rênes. Si vous les serrez trop, elle croira que vous voulez reculer. Elle essaie seulement de vous satisfaire.

Sa voix est calme et imperturbable.

Je fais un signe de tête et relâche légèrement les rênes, jusqu'à leur laisser un peu de jeu. Je résiste à la tentation de les resserrer immédiatement.

– Faites-moi confiance, dit-il en me regardant droit dans les yeux.

Et je le regarde aussi, en hochant instinctivement la tête et en me rendant compte brusquement que je lui fais confiance. Pas bon, ça ! Pas bon du tout. On sait où ça vous mène de faire confiance au premier beau garçon venu.

Non mais ! Voilà un type qui n'a rien à faire de sa propre cousine, qui m'insulte en public et qui abandonne son propre enfant. Lui faire confiance ? C'est une blague !

Il se dirige vers son étalon gris et grimpe avec aisance, bien que l'animal soit largement plus grand que le mien. Il est parfait dans ses bottes et sa veste, comme tout droit sorti d'un catalogue de matériel d'équitation. Notez que je n'ai jamais vu ce genre de vêtements dans un catalogue. Rhaa, qu'est-ce que je suis encore en train de penser ?

Nous partons au pas. Je me cramponne aux rênes de ma petite jument cuivrée, comme si ma vie en dépendait. Alex est parfaitement à l'aise, alors que son cheval danse avec excitation et que ses pattes s'agitent deux fois plus vite que nécessaire. Le simple fait de le regarder me rend nerveuse !

Est-ce qu'il a l'intention de s'excuser, au moins ? Il sait bien que sa petite tirade d'hier soir m'a contrariée. Il devrait dire quelque chose, non ? S'il pense s'en tirer aussi facilement, il se fourre le doigt dans l'œil.

– J'espère qu'Emily va bien, dit-il pendant que nous passons devant les granges en direction d'une colline herbeuse.

Un brin caustique, je réponds :

– Oh, j'en suis certaine. Je suis même convaincue qu'elle sera tout à fait rétablie à notre retour.

Suffisamment rétablie pour me bombarder de questions sur notre petite escapade.

Il fait un temps magnifique. Le ciel est bleu et une petite brise souffle. En fait, avec mes trois (je crois) couches de vêtements, j'ai plutôt trop chaud. Partout les oiseaux gazouillent, des cimes des arbres aux clôtures. Tout sent si bon, si frais. Si propre, si... neuf.

– Êtes-vous propriétaire de toutes ces terres ?

Nous avons atteint le sommet de la butte et des champs s'étendent à l'infini devant moi, émaillés d'arbres. Au loin, une forêt. Ce domaine est plus grand que mon quartier tout entier. Plus grand que l'école, le stade et le terrain de base-ball réunis.

– Oui, cinq mille hectares.

– Vous voulez dire cinq cents.

Il rit. C'est bref et retenu, mais c'est un *rire*, et je n'arrive pas à croire que j'ai entendu un tel son sortir de sa bouche.

– Non. Cinq mille.

Gloups. Cinq mille hectares. Un kilomètre carré vaut cent hectares. Je sais, le simple fait de savoir ça me colle une étiquette de grosse tête. Ce qui signifie que le domaine couvre – j'effectue rapidement le calcul – cinquante kilomètres carrés.

Voilà pourquoi on est à vingt kilomètres de la ville. Voilà pourquoi je n'ai vu aucune autre habitation dans le voisinage. Voilà pourquoi on a dû parcourir tant de chemin pour aller chez les Pommeroy.

C'est parce que Alex est propriétaire de la moitié des terres entre ici et là-bas.

– Je comprends, dis-je en essayant de cacher à quel point je suis impressionnée. Et que... faites-vous de tout cela ? De l'agriculture ? De l'élevage ?

Il secoue la tête.

– Je dirige les métayers. Ils vivent de l'autre côté des arbres. Et sur le domaine entre eux et ici, je chasse le renard.

Horreur. La chasse au renard. Encore une de ses délicieuses qualités.

– C'est cruel.

Il me considère en haussant un sourcil.

– D'où tenez-vous que c'est cruel ?

– Nous avons appris cela en... dans un livre.

Bravo, j'ai bien failli sortir « en cours d'histoire ».

– On bouche toutes les tanières des renards de sorte qu'ils ne peuvent plus rentrer chez eux. Et ensuite il n'y a plus qu'à lâcher les chiens, qui mettent en pièces les pauvres bêtes débusquées.

Il hoche la tête en faisant la moue, et je m'applique à ne pas fixer ses lèvres pour continuer :

– Et en quoi cela prouve votre habileté ? Tout ce que vous faites, c'est galoper à bride abattue sur la piste de vos toutous. Aucun savoir-faire n'entre en jeu dans cette approche de la chasse. Tout le mérite revient aux chiens. Pourquoi ne pas vous promener simplement à cheval dans la campagne au lieu de massacrer un malheureux animal ?

– Les femmes ne comprennent jamais l'attrait de la chasse.

Je grogne.

– Et vous recommencez à nous juger comme une espèce inférieure.

– Ce sont les hommes qui ont conquis ce monde, dit-il d'un ton détaché.

– Vous êtes irrécupérable, je grommelle, plus dégoûtée que jamais.

Nous nous engageons dans les bois, et la fraîcheur de l'ombre est agréable. J'espère qu'elle m'empêche de rougir. Je transpire, sous toutes ces épaisseurs. Nous suivons un large sentier sinuant entre les chênes dont les branches noueuses s'élancent vers le ciel.

– L'air paraît toujours plus frais dans les bois, dit-il dans l'objectif manifeste d'éviter les disputes.

– Il l'est. Plus frais, je veux dire. Les plantes absorbent du dioxyde de carbone et rejettent de l'oxygène.

Alex se tourne sur sa selle pour me dévisager.

– Vous n'êtes qu'un puits de connaissances scientifiques, n'est-ce pas ?

Et il dit cela d'un air terriblement ennuyé et condescendant.

– Mon Dieu, comme vous détestez que je sache des choses que vous ignorez.

Il se rembrunit et regarde à nouveau devant lui.

– Bien sûr que non.

– N'importe quoi. Vous n'avez pas l'habitude qu'une fille vous surclasse. Allez, reconnaissez-le.

– Il n'en est pas question.

– OK, alors si on parlait sciences ? Je parie que vous ne saviez pas que vous clignez des yeux plus de quatre millions de fois par an.

Son expression reste immuable, mais je donnerais ma main à couper qu'il essaie de ne pas cligner des yeux.

– Et saviez-vous que quatorze centimètres de neige égalent un centimètre de pluie ?

Il hausse imperceptiblement un sourcil, mais garde un silence obstiné.

– Et qu'on perd la plus grande partie de notre chaleur corporelle par la tête ?

– Vous vous êtes fort bien fait comprendre, déclare-t-il.

– Et je parie que vous n'avez pas changé d'avis sur mon compte. Vous êtes bien trop têtu.

La conversation s'éteint alors qu'il passe devant moi sur le sentier, et nous continuons à avancer en silence. Ainsi derrière lui, j'ai une vue imprenable et je peux le contempler sans qu'il le sache. J'aime bien sa décontraction. Il est plus à l'aise sur un cheval de cinq ou six cents kilos qu'à table. Oh, évidemment, ses épaules sont toujours carrées et son dos droit, mais il se balance un peu au rythme chaloupé et impatient de l'animal, ses mains serrant et desserrant les rênes comme si c'étaient des élastiques.

– Doucement, Fantôme, dit Alex lorsque nous descendons une petite éminence en direction d'un ruisseau.

Je constate que son cheval est nerveux car sa croupe oscille de côté jusqu'à ce qu'il se dirige effectivement dans la direction demandée, croisant les pattes l'une au-dessus de l'autre tandis qu'Alex l'entraîne vers le cours d'eau peu profond.

– Ne me suivez pas de trop près, je ne sais pas de quoi Fantôme est capable.

Je tire légèrement les rênes, en m'appliquant à ne pas exagérer afin de ne pas renouveler l'expérience de tout à l'heure. La petite jument s'arrête et j'essaie de me détendre. J'en profite pour arranger mes jupes de façon qu'elles couvrent mes pieds.

Fantôme s'agite sur place dans la boue maintenant, devant ce ruisseau qui n'a pas l'air de lui plaire. Ses sabots frappent la gadoue, deux par deux, et produisent de drôles de bruits de succion. Alex est très légèrement penché en avant, les mains posées sur l'encolure de l'animal, comme s'il ne songeait pas une seconde à se cramponner au cas où le cheval s'emballerait. Comment peut-il être aussi à l'aise ? Cette bestiole va se cabrer, c'est clair.

Fantôme exécute deux drôles de pas sautillants, puis il soulève ses sabots avant et saute d'un bond par-dessus le ruisseau. Alex ne décolle même pas de la selle. Il n'a pas l'air de s'émouvoir.

En fait, lorsqu'il atterrit de l'autre côté, il éclate de rire, une vraie hilarité, qui résonne telle une musique à mes oreilles. J'aimerais qu'il recommence, mille fois. Jusqu'à présent, je croyais qu'il était inapte à la gaieté.

Triple misère, je ne devrais pas être charmée par un simple éclat de rire.

Il flatte l'encolure de sa monture.

– Ce n'est pas tout à fait ce que j'avais escompté.

Et brusquement, il fait demi-tour et réitère. Le cheval saute à nouveau et atterrit au milieu du cours d'eau. Alex est radieux. Il fait encore volte-face et le franchit à trois reprises, jusqu'à ce que l'animal traverse le ruisseau sans sourciller comme s'il n'avait fait que ça toute sa vie.

– Nous pouvons y aller.

Je ne lâche pas les rênes.

– Cette jument ne va pas me jouer le même tour, au moins ?

Il secoue la tête, puis il me sourit. À moi, directement. Toute la haine que je ressentais fond instantanément, et j'ai envie de rester là jusqu'à la nuit à savourer le rayonnement de son sourire. Ses lèvres sont retroussées, ses yeux brillent comme jamais je ne l'aurais imaginé possible. Et soudain, je rêve d'être près de lui. Très, très près de lui.

Vous n'êtes pas une lady. Je me rappelle ses mots et ravale l'envie de sourire. *Vous est-il si facile d'oublier toutes les promesses que vous m'avez murmurées ?*

J'ai tant de bonnes raisons pour garder un maximum de distance avec lui. Je n'ai aucune intention de les oublier simplement parce qu'il me sourit. Même si son sourire est totalement ravageur.

– Non. Molly est un vieux cheval de selle. Elle a déjà tout vu. Elle traversera ce ruisseau sans même regarder l'eau.

Je hoche la tête et fais claquer ma langue. J'ai trop peur que ma monture s'emballe pour donner un coup dans son flanc. Mais, comme l'a promis Alex, elle avance les sabots dans l'eau, traverse en quelques pas et autant d'éclaboussures, et me revoilà à côté de lui.

– Merci pour votre patience, me dit-il. Fantôme est encore un peu fougueux. Vous n'avez sûrement pas manqué de le remarquer.

Je me contente de hocher la tête, car je n'arrive pas à comprendre pourquoi il est si heureux. Si gentil. Si... différent. Il y a dix minutes, il me prenait de haut. Comment peut-il être *cet* Alex, et l'autre aussi ?

J'essaie d'engager une conversation anodine.

– Et donc, qu'est-ce que ça fait d'être duc ?

Il se redresse encore sur sa selle, prouvant que ses épaules peuvent, contre toute attente, être plus en arrière. Il m'a suffi de mentionner sa dignité pour qu'il se remette illico à faire le paon.

– Le duché de Harksbury a été créé par le roi en remerciement de longues années de service et de la loyauté de mon arrière-arrière-arrière-grand-père. En tant que fils aîné, j'ai hérité du titre, des terres et de la fortune. Chaque année, je servirai notre grand pays à la Chambre des Lords, où je participerai à la création de nouvelles lois. Puis l'été, je retournerai à Harksbury et m'occuperai du domaine. Il est de mon devoir de veiller à ce que tout ici prospère.

Que tout *ici* prospère ? Et ailleurs ? Là où les femmes abandonnées se retrouvent avec leur enfant illégitime ? Comment peut-il la jouer grand et magnanime et enterrer ces lettres sans broncher ?

Chaque chose en son temps. Il faut que je parvienne à aborder le sujet des fiançailles d'Emily. Je trouverai forcément une ouverture si je continue à le faire parler.

– Et... tous ces autres lords. Vous êtes tous sur un pied d'égalité ou est-ce qu'il existe une espèce de hiérarchie ?

J'espère que ce sont des questions normales à poser. Bien qu'il n'existe pas de pairs en Amérique, les gens de 1815 outre-Atlantique savaient probablement ce que c'était. Mais ça, il l'ignore, pas vrai ?

– Un duc est honoré de la plus haute dignité au sein des pairs du royaume. Après la famille royale, bien entendu. Plus le titre est ancien, plus il est prestigieux. Sous le duc viennent le marquis, puis le comte, le vicomte et le baron.

Bon, il faut que j'arrête de tergiverser. Je dois lui parler d'Emily et de Trent.

– Vous disposez donc de beaucoup de pouvoir, n'est-ce pas ?

Voilà. Je vais flatter son immense ego et de fil en aiguille, j'en viendrai à implorer son aide.

Il hoche la tête.

– Oui, le pouvoir va de pair avec la noblesse.

– Vous n'avez jamais envie de faire valoir ce pouvoir pour venir en aide aux autres ?

– Cela va de soi.

Allez, je me jette à l'eau.

– Parce que voilà, j'ai rencontré un certain Trent Rallsmouth hier soir. Emily et lui... s'apprécient. Énormément. Et elle m'a dit qu'il était riche.

– Oui ?

– Et je trouve qu'elle devrait se marier avec lui plutôt qu'avec lord Denworth.

– Nous avions décidé, me semble-t-il, que vous resteriez à votre place et cesseriez de vous immiscer dans ces affaires.

– Je cesserai le jour où Emily aura le droit d'épouser celui qu'elle a envie d'épouser.

– Emily se mariera avec Denworth parce que c'est ce qu'on lui demande. Elle ne peut s'y soustraire sous prétexte d'une toquade pour un autre homme.

– Mais...

– *Non.*

J'ai compris. Alex ne lèvera pas le petit doigt pour nous aider. Fin de la conversation.

Je me demande comment j'ai pu croire qu'il interviendrait en sa faveur. Il se moque éperdument d'Emily, et de qui que ce soit.

Seule sa petite personne l'intéresse, point final.

Mais je ne baisserai pas les bras. Je l'ai promis à Emily. Je peux forcément faire quelque chose. Je viens du XXIe siècle. Du pays de l'égalité des chances et tout le baratin. Je connais des choses que ces gens ne peuvent même pas concevoir. Je dois trouver une solution.

Mais laquelle ? Tout ce que je sais, c'est que c'est uniquement grâce à Emily que je ne suis pas en train de mourir de faim dans les bois. Si elle n'avait pas été à la porte ce jour-là, on me l'aurait claquée au nez.

Et maintenant, à cause de mes mensonges, elle croit que je vais la tirer d'embarras. Pour trouver la Rebecca qui sommeille en moi, pour être à l'aise et populaire, il faut que je me montre à la hauteur de ses espérances. Je dois remédier à la situation. De toute façon, si c'est réellement pour cette raison que j'ai atterri ici, aider Emily devrait me permettre de rentrer chez moi.

Si Alex refuse de m'aider, je me débrouillerai seule.

Il le faut. Sans quoi je resterai peut-être coincée ici. Éternellement.

20

Le lendemain matin, assise dans la petite salle à manger ensoleillée, j'attends que Victoria ait fini de s'empiffrer d'œufs brouillés pour pouvoir discuter tranquillement avec Emily.

À nous deux, il faut qu'on trouve un plan le plus vite possible. J'ignore quand est prévu le mariage, mais... les mariages forcés précipités c'était bien leur genre à l'époque, non ?

De plus, l'arrivée de Rebecca est dangereusement imminente. Il me reste moins de trois semaines. Chaque jour qui passe me rapproche de la mise à nu.

Et si Rebecca arrivait en avance ? Elle pourrait très bien se pointer *aujourd'hui*, si ça se trouve ! Supposons que je sois en train de déjeuner ou de dîner avec eux, et que Rebecca débarque à l'improviste ? Qu'est-ce qu'on réserve comme sort aux usurpateurs ? Je n'ai aucune envie de l'apprendre. Alex n'est pas du genre très clément.

– Vous êtes-vous bien diverties, toutes les deux, à la réception des Pommeroy ?

Génial. Victoria a le ventre plein mais elle a décidé de rester à table. Elle s'installe confortablement dans sa chaise avec une posture de reine, et nous dévisage comme à travers un microscope. Je ne saurais pas dire ce qui me dérange autant, chez elle. Elle est plus intimidante qu'Angela et Trisha Marks réunies.

– Oui, très bien, répond Emily.

– Lady Tonoway m'a dit que vous avez dansé avec Sa Grâce, dit-elle.

Elle me regarde de ses yeux verts perçants, tels deux rayons laser prêts à me découper en lanières si je réponds de travers.

Je n'arrive pas à ignorer ce pincement au creux du ventre. C'est mauvais signe, un regard pareil.

– Oui, dis-je après une brève hésitation.

– C'était... poli de sa part.

Poli de sa part. Autrement dit, il s'y est astreint par obligation. Cela dit, pour être honnête, c'est bien ce qu'il m'a fait comprendre. Je serre les mâchoires de toutes mes forces.

Je sais pertinemment tout cela. Mais a-t-elle besoin d'ajouter son grain de sel ? Elle n'a aucune idée de ce qu'il m'a dit avant de danser. Tout ce qu'elle veut, c'est m'abreuver de sa condescendance.

Et ça me fait mal de l'admettre, mais elle dit la vérité. Alex me déteste autant que je le déteste, c'est donc logique. Il faisait son devoir de galant homme.

N'empêche, j'ai une envie diabolique de l'agresser, la mégère.

Je maîtrise ma langue. Je ne dirai rien de grossier.

Je maîtrise ma langue. Je ne dirai rien de grossier.

– Oui. Il est très... *poli*, n'est-ce pas ? D'autant plus qu'il semble ne pas aimer danser. Il n'a invité personne d'autre que moi.

Je lui souris gracieusement et enfourne un morceau de viande, que je mastique avec entrain.

La fourchette d'Emily s'immobilise, elle lève les yeux vers moi et je la vois déglutir lentement. Elle me fait signe avec ses yeux de me taire et enchaîne :

– Si nous allions faire un tour dans le jardin, Rebecca ?

Et ça recommence. *Rebecca*. J'essaie de lui sourire mais mes lèvres remuent à peine.

Emily et moi quittons la table si vite que je ne suis même pas sûre que Victoria ait eu le temps de réfléchir à une réponse, et son air désorienté m'enchante tandis que nous prenons le large.

– Je crois que ma tante va ressasser ton attitude des heures durant.

Emily ne paraît pas en colère ni même surprise, mais plutôt amusée. Un sourire espiègle que je reconnais à peine retrousse le coin de ses lèvres.

– Il faut que tu m'apprennes à faire cela.

– Quoi donc ?

Nous avons franchi la porte et sommes dehors au soleil, et elle glisse un bras sous le mien. Nos jupes se frôlent par moments pendant que nous nous promenons sur un chemin pavé.

– La désarçonner alors qu'elle essaie à tout prix de te tenir la dragée haute.

– C'est plutôt une impulsion qu'un talent. J'ai bien peur de ne pas savoir rester maîtresse de moi. Toi, en revanche, tu as le don de prendre les choses avec calme et grâce.

Emily sourit.

– Si je savais m'exprimer aussi directement que toi, peut-être pourrais-je convaincre mon père de rompre mes fiançailles avec un homme que je n'ai aucune envie de connaître.

J'ai presque envie d'éclater de rire. Dans la vraie vie, je suis la dernière personne qui sache se défendre. Ou défendre les autres. Je suis timide et frappée de mutisme. Et pourtant... je me sens assez stimulée par le fait qu'Emily me considère différemment. Comme si je pouvais lui donner raison et prouver à tous les autres qu'ils se trompent à mon sujet !

Je m'arrête devant un rosier et hume le parfum des roses. Je m'attarde sur une petite fleur jaune. Cela me donne le temps de réfléchir à ce que je vais répondre.

– Crois-tu qu'il m'écouterait ? Je pourrais intercéder en ta faveur. Essayer de lui faire comprendre.

Si elle pense que ça peut marcher, la solution est simple.

Plan A : parler au père d'Emily.

Elle pousse un soupir et joue avec les replis de sa robe.

– C'est perdu d'avance. Ce que mon père veut, il l'obtient. Il n'y a aucun espoir de le faire fléchir.

Je soupire et me tourne vers elle. *Damned.* Adieu le plan A.

Elle se laisse tomber sur un banc en pierre et enfouit son visage entre ses mains. Je ne peux pas la laisser renoncer aussi facilement. On doit pouvoir se sortir d'un mariage arrangé. Ça arrive tout le temps, non ?

– Et si on cherchait une fille formidable qui aurait *envie* d'épouser Denworth ? Peut-être qu'il a un faible pour les blondes ou les rousses, ou les grandes ou je ne sais quoi ? On pourrait se renseigner sur ses préférences ? Si on trouve quelqu'un qui réponde à ses critères de perfection, il t'oubliera.

Plan B : le leurre.

Mais Emily secoue la tête.

– Non, n'y compte pas. Denworth n'a qu'une parole. Il ne la reniera jamais.

Sapristi. Bye-bye le plan B.

– Oh.

J'entortille la rose dans ma main jusqu'à l'arracher, et je la laisse dans ma paume, en la lissant doucement avec mon pouce.

– Et sinon, il doit bien exister des cas de fiançailles rompues dans l'histoire de ce pays, non ?

Emily hoche la tête mais je ne vois toujours pas son visage. Pourvu qu'elle ne pleure pas. Je ne voudrais pas lui donner à croire que la situation est encore plus désespérée.

– À quel genre de procédés ont recours les gens pour obtenir ce résultat ?

J'effeuille la rose un pétale après l'autre, les laissant doucement tomber à terre. J'espère qu'elle ne va pas me rappeler que je lui ai dit avoir des milliards d'idées.

Elle relève le visage, et je suis soulagée de voir que ses yeux ne brillent pas. Elle se tapote le menton et tord sa bouche sur le côté, plongée dans ses réflexions.

– Le plus souvent, on rompt par consentement mutuel, mais c'est inenvisageable avec Denworth. Parfois, cela se produit après la découverte d'un scandale, une faillite par exemple, ou si l'on apprend que quelqu'un est illégitime.

Je grimace – le mot *illégitime* réveille des images de cette lettre adressée à Alex.

Emily soupire.

– D'autres fois... eh bien, si l'on découvre que la femme est...

Emily regarde autour d'elle et baisse la voix.

– Que la femme est *perdue*, c'est sans conteste un motif de rupture. Lord Forsythe a rompu ses fiançailles avec la fille du comte de Bowmont la saison dernière. Cela a fait scandale, tu penses bien.

Mon optimisme remonte en flèche.

– Que veux-tu dire par « perdue » ?

À la façon dont Emily avale lentement sa salive, on croirait qu'elle parle de fumer du crack. Il est possible que je l'aie enfin scandalisée.

– Compromise. Par... par un autre homme.

– Oh ! Tu veux dire que si la fille n'est pas vierge, le monsieur ne voudra plus l'épouser ?

Elle acquiesce, les yeux écarquillés, comme si ne plus être vierge était aussi grave que réduire son prochain en charpie à coups de hache.

– Eh bien voilà ! On n'a qu'à faire ça !

Emily a l'air tellement choquée que si je lui donnais un petit coup de coude, elle tomberait à la renverse au milieu des roses.

– Je veux dire, pas en vrai... Mais est-ce qu'on ne peut pas faire semblant ?

Elle secoue la tête, un peu pâle, et ça me fait rire.

– Je crois que tu interprètes mal ce que je dis. Ce que j'essaie de te suggérer, c'est... on ne pourrait pas simuler que tu es, euh, compromise ? Tu n'auras rien à faire de particulier. Mais si on peut le faire croire aux gens, propager peut-être des rumeurs, Denworth te laissera tomber comme une patate chaude. Problème réglé.

Emily secoue la tête à nouveau, comme si j'étais folle.

– Tu veux parler d'une mise en scène de défloraison ?

Je ravale un éclat de rire car, formulé ainsi, le projet paraît dingue et insensé, tout en se présentant comme une procédure très formelle.

– Ça pourrait marcher, non ? Je veux dire, si ta réputation est ternie, Denworth ne voudra plus t'épouser ?

Elle hoche la tête.

– Mais tout le monde croirait que j'ai été immorale !

– Immorale ? Ah bon ?

Je marque une pause. Je vois bien qu'Emily ne se laissera pas convaincre si facilement.

– Mais ça pourrait marcher. Et d'ici à un an ou deux, plus personne ne se rappellerait le scandale, et tu vivrais heureuse avec Trent et vous auriez beaucoup d'enfants.

– Je ne peux pas.

– Tu préfères épouser Denworth ?

Ma question flotte tandis qu'Emily triture les plis de sa robe en contemplant le tissu léger comme si c'était une boule de cristal capable de répondre à ses interrogations.

– Comment nous y prendrions-nous ?

– En s'arrangeant pour que les gens pensent que tu as passé du temps seule avec Trent. C'est contraire aux bonnes mœurs, non ? Vous autres, vous devez avoir des chaperons si vous sortez ensemble ?

J'arrache encore une rose du buisson, débordant d'une énergie nerveuse. Si Emily joue le jeu, on peut réussir. Je peux rompre les fiançailles et les réunir, Trent et elle.

Elle hoche la tête.

– Eh bien on fera courir le bruit que tu as passé la nuit seule avec lui. Ça suffira. Attention, si on te croit perdue, cela signifiera forcément que par la suite tout le monde, et pas seulement Denworth, t'évitera. Si tu n'es pas assez bonne pour lui, tu ne le seras pas non plus pour le reste de la société.

Emily plisse le front et hoche la tête. On dirait qu'elle va rendre son petit déjeuner d'un moment à l'autre. Sa ravissante peau pâle a pris la couleur de la cendre.

– Mais si on réussit à s'arranger à l'avance avec M. Rallsmouth, à être certaines qu'il voudra t'épouser même si ta réputation est souillée, ça peut marcher.

Elle hoche à nouveau la tête, lentement, comme si elle ne voulait pas suivre mon raisonnement.

– C'est notre seule solution. Il faut essayer. Parlons-lui et mettons notre plan à exécution. On va te fiancer à Trent Rallsmouth.

Plan C : ruiner la réputation d'Emily.

21

Deux heures seulement s'écoulent avant que je ne commence à me demander s'il est bien judicieux de mettre tous nos œufs dans le même panier. Et si Trent changeait d'avis alors qu'on aura déjà tout manigancé ? Tout le monde croira qu'Emily n'est plus vierge et personne ne voudra jamais l'épouser.

Cette manœuvre comporte quelques failles sérieuses. Mais je n'ose pas les soulever car Emily est déjà réticente. Je la crois capable d'avoir une crise cardiaque ou d'entrer en combustion spontanée à tout instant.

Zut à la fin, c'est trop bête. Il doit exister un plan moins suicidaire.

J'ai fait envoyer un message à Trent il y a une heure pour lui expliquer toute l'histoire. S'il est d'accord, il viendra à la tombée du jour enlever Emily pour la soirée. Je ne peux plus reculer à présent, même si c'est la panique.

Ça va marcher. Qu'est-ce qui risquerait d'aller de

travers ? Si Trent est d'accord, il l'épousera. C'est aussi simple que ça.

Alex doit être occupé à je ne sais quels devoirs ducaux, car il est absent pour la journée. Mais c'est parfait, Emily et moi, on a justement besoin de la journée pour discuter et comploter sans craindre qu'il devine ce qu'on trame.

On va vraiment se lancer dans cette aventure. Je suis à la fois excitée et terrorisée, parce que j'ai tellement, tellement envie que ça marche... Sinon... Quoi ? J'aurai donné à Emily de l'espoir pour rien. Et probablement aggravé la situation. Or je ne peux pas supporter l'idée de la décevoir.

J'espère que j'ai pensé à tout.

J'aide Emily à emballer quelques affaires dans une petite malle pendant que nous attendons une réponse de Trent. Nous essayons de mettre le moins de gens possible dans la confidence, ce qui signifie le strict minimum en termes de domestiques. Les « étages inférieurs », comme on les appelle ici, sont une usine à rumeurs. Pire que le lycée. Oh, je les comprends. C'est assimilable aux mœurs du lycée, où la majorité des élèves jasent sur la soi-disant élite du gang des branchées.

Naturellement, en temps et en heure, les domestiques joueront leur rôle, ils font partie du plan : propager la rumeur selon laquelle Emily est perdue. Mais s'ils sont au courant trop tôt, ils risquent de prévenir Victoria ou Alex, qui feront tout louper.

– Comme c'est excitant ! s'écrie Emily en fourrant une nouvelle robe dans la malle. Tout le monde sera si choqué en apprenant mon échappée.

Elle vibre d'énergie et ne tient plus en place. Les joues rosies et les yeux brillants, elle virevolte dans sa chambre pour sélectionner d'autres robes.

– Je te couvrirai jusqu'à ce que nous soyons prêtes à passer à l'étape numéro deux, dis-je, n'ayant aucune idée de la manière dont je m'y prendrai. Ils ne sauront même pas que tu es partie tant que je n'aurai pas vendu la mèche.

Pourquoi est-ce que je lui répète ça constamment ? Je ne sais absolument pas comment la couvrir. En temps normal, je me contenterais de dire qu'elle ne se sent pas bien... Mais une femme de chambre ne voudra-t-elle pas s'occuper d'elle ? Elles vont trouver bizarre que ce soit moi qui lui apporte son repas.

Bah, j'aurai bien une idée de génie d'ici là.

Quelqu'un frappe à la porte et on se regarde toutes les deux, les yeux agrandis. Vite, on referme la malle et on s'assied en prétendant n'être occupées à rien de particulier. Le top de la discrétion. Ça ne serait pas pire si on sifflotait avec désinvolture.

– Entrez, dit Emily d'une voix beaucoup plus calme que ne le serait la mienne.

Une servante arrive et lui tend une missive avant de faire la révérence et de repartir.

– Ouvre-la !

Mais Emily la contemple, interdite.

– Oh, d'accord, laisse-moi faire.

Elle me tend l'enveloppe. Je la lui arrache des mains et glisse un pouce sous le bord pour la décacheter. Je survole les premiers mots et un grand sourire m'éclaire le visage.

– Il est d'accord ! Il accepte de s'enfuir avec toi !

Emily bondit en l'air et m'enlace avec un tel élan qu'elle me fait presque tomber. Son rire me chatouille l'oreille, et nous voilà toutes les deux en train de nous étaler et de rouler par terre en riant et en criant. Le plan se met en place. Exactement comme je l'avais prévu.

– Je n'arrive pas à croire qu'il a accepté. Oh, il fait de moi la jeune fille la plus heureuse de toute l'Angleterre !

Je hoche la tête. Je devrais être soulagée, mais je me sens seulement nerveuse. Il faut que ça marche. Il le faut. C'est mon billet de retour. J'en suis convaincue. Quel autre moyen y aurait-il ?

Emily et moi époussetons nos robes et reprenons l'opération bagages, ajoutant encore quelques vêtements dans la malle déjà pleine. Je ne sais pas trop pourquoi elle emporte autant d'affaires alors qu'elle n'a besoin de s'en aller qu'une nuit, mais ça semble lui calmer les nerfs, aussi je la laisse faire.

Elle s'immobilise soudain, la main crispée autour d'une mule jaune, et sourit.

– Je savais que tu m'aiderais. En te voyant arriver avant la date prévue, je me suis dit que tu étais un cadeau du ciel. Et les faits me donnent raison, on dirait.

Radieuse, elle retourne à ses bagages, et je lui adresse un vague sourire. Et si le plan capotait ? Elle est déjà en train d'écrire son discours de remerciement pour l'oscar qu'elle est loin d'avoir remporté. Si elle savait que ma grande spécialité, c'est de tout faire tomber à l'eau...

Je prends une inspiration et rassemble les derniers vêtements. Je dois impérativement arrêter d'envisager le pire.

J'ai pensé à tout. Qu'est-ce qui pourrait bien clocher ?

Après le dîner, j'attends sur le perron pendant des siècles, me semble-t-il, en observant le ciel s'assombrir. Il fait frisquet.

Et si Trent ne venait pas ? S'il avait menti, ou s'il se dégonflait ? Il a peut-être compris que ce projet est totalement dingue, et changé d'avis. Il aurait mille raisons d'esquiver.

J'effectue un tel nombre d'allers-retours entre les hautes colonnes que je dois user la pierre. Il tombe une petite bruine. Grâce à l'auvent, je suis au sec, mais je ne cesse de surveiller l'horizon et de faire des vœux pour que le temps ne vire pas à l'orage, ce qui gâcherait tout. Le ciel s'obscurcit et le soleil se couche, et Trent n'est toujours pas là.

Enfin, au moment où je frôle l'arrêt cardiaque, je vois une lueur au loin, qui bringuebale. Elle est de plus en plus vive, puis une voiture émerge des ombres de la nuit, tirée tranquillement par un cheval noir. En reconnaissant Trent sur le banc assis sous la capote, enveloppé dans une redingote foncée, je souris comme une idiote. C'est une petite voiture à deux places : pour Emily et lui. Il s'arrête devant les marches et s'apprête à descendre.

– Attendez ici ! dis-je en chuchotant aussi fort que je le peux.

Il faut que personne ne le voie, si Emily veut se sauver incognito. Trent hoche la tête et se rassoit. Il n'a même pas l'air de me trouver bizarre, ce dont je lui suis reconnaissante. Plan C : étape 1 terminée. Maintenant, étape 2 : faire partir Emily.

Je me retourne et ouvre la porte d'entrée, et je percute presque le majordome.

Rhaa ! Je l'avais oublié, celui-là. Le cœur tambourinant, je rentre et ferme la porte avant qu'il n'aperçoive Trent ou la voiture. Que suis-je censée faire, à présent ? Il risque d'alerter Victoria ou de dire quelque chose à Trent... Il faut qu'Emily prenne la poudre d'escampette sans témoins.

– Grommley ! appelle-t-elle en finissant de descendre les marches. Voulez-vous aller voir si Mme West prépare les quatre chambres d'amis dans l'aile est ? J'attends des visiteurs.

Un éclair de génie. Un véritable éclair de génie.

Grommley – le majordome – s'incline et quitte son poste, et je respire à nouveau.

– Merci, dis-je à Emily.

– Oui. Et maintenant, je vais chercher mes affaires.

Je hoche la tête et la regarde remonter l'escalier et s'éclipser. Je suis toujours là, seule, quand je le vois.

Alex. Il arrive de l'aile est, un étage sous celui d'Emily. Aïe aïe aïe, elle doit être juste au-dessus de lui, en train de prendre sa malle. Pourquoi tout le monde débarque en même temps ?

Il avance à si grands pas qu'il va se trouver face à moi, et au milieu du vestibule, dans trois secondes. Il était censé être couché ! Je ne l'avais pas vu depuis des heures... Qu'est-ce qu'il fabrique ? Il va tout gâcher !

22

Un rapide coup d'œil en haut m'apprend qu'Emily sort de ses appartements, escortée de deux domestiques qui portent sa malle. Elle agite la main et s'apprête à parler, mais je la devance.

– Alex ! dis-je d'une voix plus forte que nécessaire. Euh, bonsoir.

Je fais une courbette maladroite. Il me répond d'un hochement de tête et me salue. Pendant qu'il a la tête baissée, je lève les yeux et aperçois Emily, qui referme la bouche et s'arrête si brusquement que les domestiques manquent la percuter. Je me raidis et attends de voir si Alex a remarqué l'agitation derrière lui à l'étage, mais ce n'est pas le cas. Il me fixe des yeux. Aussi, je m'oblige à paraître normale. Il n'est pas trop tard. Je peux le distraire.

Euh... d'accord, mais par quel moyen ?

J'essaie de le regarder et je vois en même temps du coin de l'œil Emily reculer et faire signe aux autres. Ils battent en retraite dans la chambre la plus proche, et la porte se referme bruyamment sur eux. Le bruit se répercute dans tout le vestibule, beaucoup plus fort que je ne l'aurais cru.

Alex avance d'un pas et lève la tête.

– Eh bien, hem, que se passe-t-il ? dis-je.

Par ici. C'est moi qu'il faut regarder.

Une longue seconde, il reste tourné vers l'étage. Dans quelle pièce sont-ils ? A-t-il vu Emily là-haut ? Sait-il qu'il se trame quelque chose ? Il fait un pas vers l'escalier. Hé, où va-t-il comme ça ?

– Vos lettres.

C'est sorti tout seul. Argh, pourquoi ai-je dit ça ? C'est la seule chose qui m'a traversé l'esprit. Je ne voulais pas qu'il sache que j'étais au courant, pour le bébé. Je voulais lire le reste des lettres et élaborer un plan.

Simplement, je n'en ai pas encore eu le temps. J'ai été distraite, entre une soirée champêtre et des fiançailles. Et maintenant, je vais être obligée de les lui rendre pour aider Emily à se sauver.

– Pardon ?

Il se retourne vers moi. Comment fait-il pour être toujours aussi beau ? Ces hautes bottes brillantes, la redingote verte tellement stylée, le foulard d'un blanc éclatant... Je m'oblige à fermer les paupières et à secouer la tête. Pour le trouver irrésistible à ce point, c'est que je suis ici depuis trop longtemps.

– Je... eh bien, euh, je suis tombée sur vos lettres. Dans la bibliothèque.

Il penche légèrement la tête de côté et m'adresse un regard que je n'arrive pas à déchiffrer.

Mon cœur bat de plus en plus fort. Pitié, qu'il ne me demande pas ce qu'on traficote, qu'il ne devine pas notre machination. Je fais un pas en avant et souris.

– Si vous voulez me suivre, je vais vous les remettre.

Ma chambre se trouve dans le couloir opposé de celui où s'est cachée Emily. S'il me suit là-bas, elle pourra ressortir.

Il fait une moue, c'est interminable, et je garde les yeux rivés aux siens en essayant de savoir ce qui se passe sous son crâne, mais soudain il hoche simplement la tête et je pousse un soupir de soulagement.

– Fort bien, dit-il.

Je lui fais signe de me suivre et nous montons l'escalier, puis sur le palier nous nous engageons dans l'aile ouest, loin d'Emily, vers ma chambre.

Le couloir me semble s'étirer indéfiniment. Je crois entendre le cliquetis de la porte derrière laquelle s'est réfugiée Emily, mais je tousse pour couvrir le bruit, et Alex me regarde d'un drôle d'air.

Ouf ! On a eu chaud.

Est-il convenable qu'il entre dans la chambre ? Ça m'étonnerait. Mon Dieu, j'espère qu'Emily ne fait pas de bruit. Devant ma porte, on ne les voit pas, mais Alex ne manquerait pas d'entendre le remue-ménage.

– Attendez, je vais les chercher, d'accord ? Ne bougez pas, dis-je.

Je ne pourrais pas être plus maladroite ! Je ne suis vraiment pas douée pour ces intrigues d'agent secret. Il va leur falloir encore plusieurs minutes pour descendre la malle d'Emily et la charger dehors.

Je cours dans ma chambre, droit vers le lit. Les lettres sont cachées sous le matelas. Le paquet à la main, je reviens vers la porte ouverte. Alex est debout dans le couloir. Il a reculé de quelques pas, comme si se situer à un petit mètre de ma chambre était contraire aux règles de la bienséance. Ça me donne presque envie de rire. En vérité, sans la liasse de lettres qui me brûle la main, je crois bien que je m'esclafferais.

Je recule dans le couloir et suis soulagée d'entendre régner le silence. Je me demande si Emily est partie.

Je serre les papiers dans ma main, refusant de les céder alors qu'ils recèlent tant de secrets. Si seulement j'avais pris le temps de les lire...

Il tend la main, mais je ne peux que crisper la mienne davantage autour. L'idée de les lui rendre me fait bouillonner de colère.

Si je parviens à aider Emily et si elle épouse Trent, je serai peut-être catapultée chez moi.

Et cette petite fille restera là, seule. Toute sa vie. Alex a tiré un trait sur elle. Je le sais.

– Comment avez-vous pu lui faire ça ?

– Je vous demande pardon ? À qui ?

Je pousse un grognement doublé d'un rictus dégoûté. Et l'emportement qui frémissait explose.

– Votre fille, espèce d'imbécile ! Comment avez-vous pu l'abandonner ainsi ? Savez-vous seulement si elles vont bien ?

Il est si choqué qu'il recule d'un ou deux pas.

– Ma *fille* ? Je n'ai pas de fille, et je vous conseillerai de ne pas répandre d'aussi sordides rumeurs.

Je secoue la tête.

– C'est ça qui vous fait peur, hein ? Vous ne voulez pas qu'on sache que vous vous désintéressez de son sort et vous espérez qu'elle va disparaître de votre existence. Mais n'y comptez pas. Certes, je n'ai lu qu'une seule de ces lettres, mais je sais bien à quel point elle souffre de votre attitude !

Son visage bouleversé change peu à peu d'expression ; il comprend quelque chose.

Et soudain, il rit. Ça commence par un petit éclat, avant de s'amplifier. Il appuie une main contre un mur pour se soutenir et pose l'autre sur son ventre. Sa haute silhouette se courbe tandis qu'il succombe à l'hilarité que semble lui inspirer la situation.

Je le contemple, médusée. Je ne m'attendais absolument pas à ce genre de réaction. Ni à le trouver aussi adorable quand quelque chose l'amuse.

Non. Il n'est *pas* adorable.

– Qu'est-ce qui vous prend ? dis-je en m'approchant. Vous trouvez vraiment qu'il y a de quoi rire ?

Il se maîtrise puis se redresse en essuyant une larme sur sa joue.

– Je trouve simplement extraordinaire que vous me pensiez immoral au point d'avoir un enfant et de manquer à tous mes devoirs envers lui et sa mère.

– Que signifie ceci, alors ? dis-je en agitant les lettres.

– Ne vous est-il pas venu à l'esprit que ces plis pourraient s'adresser à mon père ?

J'en reste bouche bée, subitement frappée de stupeur.

Le duc de Harksbury. *Votre Grâce.*

Le nom d'Alex ne figure nulle part. Les lettres étaient-elles datées ? Ai-je seulement vérifié ?

Ce bébé est sa sœur !

– Je...

Je ne sais plus quoi dire. Pendant tout ce temps je l'ai méprisé, révoltée, m'imaginant qu'il vivait tranquillement dans ce château en négligeant ses responsabilités.

Alors que c'était son *père.*

Je lui tends les lettres, furieuse. Et d'une voix tout à coup enrouée, je lui demande :

– Que sont-elles devenues ?

Alex soupire et contemple un long moment les lettres, sans rien dire, comme perdu dans un autre monde. Ses yeux s'adoucissent, songeurs.

– L'enfant s'appelle Amelia. J'ignorais complètement son existence, jusqu'au décès de mon père. J'ai découvert ces lettres dans son bureau. Il m'a fallu trois mois pour retrouver mère et fille. À l'époque, Amelia avait presque trois ans.

Alex tortille ses boutons de manchette, preuve de nervosité qui ressemblerait plutôt à un truc que je ferais moi. Sa distinction désinvolte a disparu et pour la première fois, il a l'air d'un adolescent.

– La mère était servante chez un baronnet. Elles ne s'en sortaient pas mal. Mais Amelia méritait mieux.

Est-ce de la... *peine*, que je vois sur son visage ? C'est délirant, il se fait réellement du souci pour elle. Comment ai-je pu être à ce point à côté de la plaque ?

– Elles vivent dans l'une des maisons appartenant à notre famille, plus au nord. À Greysbrooke, plus précisément. Avec du personnel de maison, y compris une gouvernante pour Amelia.

J'ai l'impression que mon cœur bat par intermittence.

– Vous vous occupez d'elles, alors ?

Il hoche la tête.

– Mon père n'aurait jamais dû les laisser livrées à elles-mêmes. Amelia est peut-être illégitime, mais c'est la fille d'un duc.

– Je suis sûre que leur vie est devenue merveilleuse, grâce à vous.

Je me sens parfaitement stupide.

– Je garde l'espoir de parvenir à étouffer le plus gros du scandale, et qu'Amelia puisse un jour faire partie de la bonne société. Je la soutiendrai et veillerai à ce qu'elle dispose de tout ce qu'elle mérite.

Je hoche la tête. Mille mots tourbillonnent dans mon esprit mais aucun ne sort. Ils sont tous perdus quelque part à l'intérieur.

Je me trompais lourdement sur son compte. Et maintenant, je complote dans son dos. C'est affreux : je suis plus ou moins en flagrant délit de mensonge, à cet instant précis, pour aider Emily à s'enfuir.

Il a consacré des mois à la recherche d'une sœur qu'il ne connaissait pas, simplement pour s'assurer qu'elle ne manquait de rien. Voilà donc le genre de type qu'il est, en définitive.

Non, je refuse de le croire. Pour tout le reste, il s'est montré odieux. Peut-être qu'il n'a pas d'enfant, mais il prend quand même les filles pour des êtres inférieurs. Je ne devrais pas être obligée d'agir en douce. C'est lui qui devrait aider Emily ! C'est parce qu'il ne fait rien que je m'y colle.

Pas question de me sentir coupable.

– Merci de me les avoir rendues, dit-il en s'inclinant légèrement. Je ne sais pas trop pourquoi je me sens obligé de les conserver.

– Je vous en prie, pas de problème.

Je ne trouve rien d'autre à dire tandis qu'il se retourne et s'éloigne. Pourvu, pourvu qu'Emily soit partie, sinon c'est fichu.

Je regagne ma chambre et vais à la fenêtre. La pluie tombe plus dru, maintenant, et trace des rigoles sur la vitre. Je discerne vaguement la lueur d'une lanterne dehors, près de l'écurie.

Ma propre chambre est plongée dans le noir. Un feu de charbon brûle dans la cheminée et une bougie coule sur ma petite table. Je m'assieds sur la banquette devant la fenêtre et ramène mes genoux contre moi.

Emily va passer la nuit dans une petite chaumière de jardinier, à la lisière de Harksbury. Elle dit que personne ne l'utilise plus depuis deux ans et que nul ne songera à y aller. Elle n'aura qu'à être absente une seule nuit pour ruiner sa réputation à jamais.

Nous ne pouvons plus revenir en arrière. Quoi que j'aie fait, je ne peux plus le défaire.

Emily est une fille perdue.

23

Le lendemain matin, Eliza entre dans ma chambre, et un seul regard vers son visage m'apprend ce que j'aurais déjà dû savoir : ça va être ma fête.

– Sa Grâce demande à vous voir.

Je devrais réagir, mais je grogne et remonte les couvertures au-dessus de ma tête. C'est sûr, il a déjà tout compris, entre mon comportement bizarroïde hier et la soudaine disparition d'Emily... Il a deviné que je la couvrais.

– Il faut vous lever, décrète Eliza en arrachant les couvertures du lit.

Sérieusement, elle est obligée de m'infliger ça ?

Je fais quelques pas sur le parquet et m'affale sur le tabouret en la regardant sortir une tenue de l'armoire. Elle est pleine à craquer, maintenant. Emily m'a offert robe sur robe, prétendant qu'elle n'aimait pas la couleur, ou le passepoil, ou l'arrondi. Elle maîtrise le sujet, c'est clair.

– Avez-vous bien profité de votre journée de congé, hier ? dis-je pendant qu'elle me tire les cheveux.

– Oui, mademoiselle. Merci.

– Il n'y a pas de quoi. Je suis stupéfaite qu'il ne vous accorde jamais de journées entières. C'est parfaitement inacceptable, non ?

– C'est deux fois plus d'après-midis que la plupart des autres employeurs. Sa Grâce est très équitable.

Quoi ? On est content quand on dispose de deux demi-journées, ici ?

Hou la la... Je vois la logique. Zéro pointé pour moi. Il faut vraiment que j'arrête mes idées préconçues sur les autres.

Bah, peu importe. Même si je me trompais aussi sur ce point, Alex n'en est pas moins arrogant et sexiste. Là-dessus, personne ne risquera de me contredire.

Bon. Revenons-en à mon plan.

– Et, euh, avez-vous entendu qu'Emily s'est enfuie avec Trent Rallsmouth hier ? dis-je d'un ton désinvolte.

Pour que la machination fonctionne, il faut que tout le monde soit au courant de l'escapade. Et d'après Emily, le meilleur moyen consiste à laisser les domestiques répandre la rumeur. Eliza cesse de me brosser les cheveux, sa main figée en plein élan. Comme je regrette qu'il n'y ait pas un miroir en face de nous. J'adorerais voir son expression.

– Ils sont partis ensemble. Elle ne voulait pas épouser son fiancé.

Il faut encore quelques secondes avant qu'Eliza ne reprenne son brossage.

– Oh ? Est-ce le monsieur qui est venu hier soir ?

Je dois me mordre la lèvre pour empêcher un grand sourire de traverser mon visage. Je parie que c'est ainsi qu'Alex est au courant. Il n'a même pas remarqué qu'Emily était partie. Il l'a appris par la bande. Parfait.

– Oui. C'était lui.

– C'est... très intéressant.

– Comme vous dites...

Elle sort une robe bleu ciel avec une finition passepoilée aux emmanchures et à l'ourlet, et j'endure les habituelles opérations de tirage de cheveux, chignon et écorchage de cuir chevelu. Je n'ai pas encore réfléchi à ce que j'allais dire exactement à Alex. Je m'attendais à disposer de la matinée pour mettre au point un petit discours.

Quelques minutes plus tard, je descends les marches à la suite d'Eliza, le cœur battant si fort que j'ai l'impression qu'il essaie de s'échapper de ma poitrine. Je ne veux pas de cet entretien. Je n'ai rien répété. Si au moins j'avais anticipé, si...

– Mademoiselle Rebecca Vaughn, annonce Eliza comme si elle m'offrait solennellement à Alex.

J'entre dans une sorte de petit salon, en essayant de garder la tête haute et de prétendre que je ne suis pas du tout nerveuse. J'espère vaguement qu'Eliza va rester, mais elle s'écarte et me laisse passer avant de disparaître.

J'avance vers un fauteuil à haut dossier garni de

brocart dont les bras et les pieds sont dorés. Il fait face au grand canapé sur lequel est assis Alex, et j'y prends place. Je croise les chevilles et étale soigneusement mes jupes comme si c'était la chose la plus importante du monde, qui exigerait toute ma concentration. Victoria serait fière de mon maintien.

– Où est-elle ?

Sa voix est ferme, impérieuse.

Droit au but. Je me mords la lèvre et hasarde quand même :

– Qui ?

– Pas de ces petits jeux, coupe-t-il.

J'étudie mes mains crispées sur mes genoux. Je peux faire l'innocente, je peux retarder le moment de répondre, ou je peux tout simplement le lui avouer. Cela reviendrait à arracher un sparadrap.

– Avec Trent Rallsmouth, dis-je en lui coulant un regard sous mes cils.

Il ouvre grand les yeux et se redresse vivement.

– Le garçon de la soirée dansante ? Où ?

Oh, mon Dieu. Il n'a pas l'air content.

– Dans la chaumière du jardinier, à la bordure est de Harksbury.

Alex se lève comme s'il était l'incroyable Hulk, si vivement que je m'étonne de ne pas voir le canapé voler et s'écraser contre le mur.

Mon Dieu, quelle folie j'ai commise ! Il va me faire la peau. Ou me jeter dans ce cachot qui, j'en reste convaincue, existe bel et bien ici.

– Je vous en prie, dites-moi qu'ils ont un chaperon.

Je fais une moue et secoue la tête.

Il pousse un grand soupir irrité et croise les bras. Cela fait saillir les muscles de sa poitrine, et j'essaie de me concentrer sur le fait qu'il a l'air prêt à m'étriper plutôt que sur sa séduction.

Qui, avouons-le, est de toute première catégorie. Son visage est empourpré par la colère, ce qui fait ressortir ses yeux vert sombre...

Me concentrer.

– Et je suppose que vous avez encouragé ce rendez-vous galant ?

Je me lève parce que je ne peux plus supporter qu'il me domine de toute sa hauteur.

– Oui, dis-je une fois que nous sommes à peu près au même niveau. Elle ne peut pas épouser Denworth. Elle serait trop malheureuse. C'est pourquoi elle s'est enfuie avec Trent. Je me moque de vos arguments ; c'était la seule chose à faire.

Il prend quelques lentes et profondes inspirations, puis il se détourne de moi. Je ne vois plus son visage. Ce qui est pire, car je brûle de savoir ce qu'il pense en ce moment.

– Petite sotte, dit-il.

Sa voix est si basse que je ne suis pas sûre d'avoir bien entendu.

– Hein ?

– *Petite sotte*, répète-t-il plus fort.

Cette fois, j'ai bien capté.

– Peu importe ce qu'il veut, ou même ce qu'elle veut. Son père doit donner son consentement !

Je cesse de respirer.

– Quoi ?

– Elle n'aura vingt et un ans que dans trois ans ! Son père doit signer un papier attestant qu'il consent au mariage !

Je suis soudain prise d'une nausée qui se diffuse depuis mon estomac, jusqu'à ce que je commence à me sentir grelotter des pieds à la tête. Je garde les mains contre mes flancs et serre les poings, afin qu'Alex ne voie pas combien je tremble.

Pourquoi Emily ne m'a-t-elle rien dit ? Comment pouvait-elle ignorer que son père devait signer une décharge pour qu'elle puisse épouser Trent ?

Je secoue la tête vigoureusement.

– Il acceptera. Denworth ne voudra plus d'elle, à présent. Maintenant qu'elle est compromise. Il rompra les fiançailles, et le père d'Emily sera au pied du mur.

Ma voix résonne de façon plus désespérée que je ne le souhaiterais.

Il pivote si brusquement que je m'empêtre dans mes jupes en reculant et il doit me tenir le bras pour m'empêcher de tomber.

– Vous ne saisissez pas, *Rebecca*.

Quelque chose dans sa façon de prononcer mon nom me donne envie de rentrer sous terre.

– Son père est un homme méchant et rancunier. Il refuse de me voir depuis la mort de mon père parce que sans mon existence, il serait devenu le prochain duc de Harksbury. Croyez-vous qu'un tel homme réponde aux voix de la raison ? Emily vient de se dresser ouvertement contre lui. Il préférera l'obliger à rester vieille fille que consentir à ce mariage.

Ses paroles retentissent dans mes oreilles, indéfiniment, mais je ne peux ni bouger ni répondre.

Une faille fatale. Voilà ce que c'est. Une faille monumentale dans mon plan.

J'ai fichu le plan en l'air.

Pas seulement le plan. *La vie d'Emily*. Comment ai-je pu en arriver là ?

Mais il est trop tard pour revenir en arrière. On ne peut qu'aller de l'avant. Il faut que ça marche quand même. Il le faut. Il doit exister une solution pour sauver les meubles.

– Mais cette autorisation ne sera plus nécessaire dès qu'elle aura vingt et un ans ? Ne peuvent-ils pas simplement... sortir ensemble, en attendant ?

Il secoue la tête avec un rictus de dégoût.

– Son père est son responsable légal. Elle est juridiquement tenue de se plier à sa volonté. S'il choisit de l'enfermer dans ses appartements jusqu'à son vingt et unième anniversaire, il en a le droit.

Je crois que je vais vomir.

Les lèvres d'Alex remuent-elles ? Parle-t-il encore ?

Qu'ai-je fait ?

Emily est romantique à l'extrême. Elle a besoin de connaître l'amour.

Une vie privée d'amour...

Je parviens à peine à m'approcher du fauteuil avant que mes jambes se dérobent.

Alex grogne et passe une main à travers ses cheveux indisciplinés.

– Il faut que je répare cette infortune. Vous feriez mieux de prier pour que je réussisse.

Il se dirige d'un pas vif vers la porte, et s'arrête.

– Espérons que ma mère ne saura rien de cette affaire tant qu'elle ne sera pas résolue. Elle est de constitution fragile. Je ne voudrais pas que par votre faute sa santé en pâtisse.

Je hoche la tête mais je ne suis même pas sûre d'avoir entendu ses paroles.

C'est une catastrophe. J'aurais dû trouver un autre moyen, un stratagème qui ne nous aurait pas contraintes à berner Alex et comploter et...

Lorsque je relève les yeux, je suis seule. Alex a disparu.

Comme éblouie, je gagne le couloir, puis le vestibule, où se tient le majordome.

– La lettre adressée à lord Denworth a-t-elle été envoyée ce matin ?

Dites non, par pitié, dites non.

L'homme acquiesce.

– Oui. Il y a plusieurs heures.

– Très bien.

Je vois à peine le sol devant moi. Même si je voulais tout arrêter... il est trop tard. Nous avons envoyé une lettre à Denworth pour lui apprendre ce que faisait Emily, et qu'elle ne l'épouserait pas, car elle se donnait à M. Rallsmouth. C'était notre garantie qu'il soit au courant, au cas où le bouche-à-oreille n'aurait pas suffi.

D'après Emily, il suffit que les gens vous *perçoivent* comme étant perdue. De simples rumeurs suffisent. Cela ne servirait à rien de lui expliquer que tout était mis en scène.

Denworth a dû lire la lettre. Ajoutée aux commérages des domestiques... C'est fait. Emily est perdue.

Je me retourne et monte l'escalier pour regagner ma chambre. Je m'agrippe à la rampe pour ne pas tomber. C'est à peine si je vois les marches, je suis tout étourdie.

Je me demande comment a réagi Denworth en lisant la lettre.

Je me demande ce que fait Alex.

Je me demande si tout cela va se solder par un désastre.

24

Ma vie a officiellement tourné au cauchemar. Je suis assise sur une chaise droite de salle à manger, vêtue d'une robe empesée et d'un corset, avec Victoria pour seule compagnie. À voir la façon dont elle mange tranquillement – et bruyamment – sa soupe, elle n'a aucune idée du chambardement qui environne Emily.

Et c'est à moi de l'entretenir dans l'ignorance.

Comment ai-je pu être aussi bête ? Comment ai-je pu négliger un détail aussi crucial qu'une autorisation parentale ?

Je suppose qu'Alex s'est rendu directement à la chaumière. N'avoir aucune idée de ce qui se passe me fait amèrement regretter la simplicité du téléphone. Au moins, je pourrais appeler Emily et savoir où ils en sont ! C'est un vrai supplice d'être assise là à gamberger !

Victoria m'a demandé au début du dîner où était Emily, et j'ai inventé quelque chose. Je ne me rappelle même pas quoi.

Le pire dîner de mon existence s'éternise, encore

plus lent que le tic-tac d'une horloge, et je n'arrive à penser à rien d'autre qu'à ce qui se déroule dans cette petite chaumière à quelques kilomètres. Alex est-il en train de sermonner Trent et Emily ? Trent est-il prêt à soutenir Emily quoi qu'il arrive ?

Le seul moment où je cesse de réfléchir, c'est lorsque Victoria me rappelle à sa si délicieuse présence.

– Rebecca, mon enfant, il n'est pas seyant de s'avachir, dit-elle.

Ça m'exaspère mais aussitôt je me redresse, par pur instinct. Victoria a cette espèce de fibre maternelle, on lui obéit au doigt et à l'œil avant même de s'en rendre compte. J'aurais dû me laisser aller encore plus sur ma chaise, tiens ; bien que, avec le corset, c'est mission impossible.

Si jamais j'ai l'occasion de voyager à nouveau dans le temps, je trouverai le type qui a inventé le corset et lui et moi, on aura une conversation sérieuse.

Un serviteur dépose un gros morceau de bœuf devant moi. J'attends et observe Victoria avant de prendre la même fourchette, de tenir mon couteau dans la même main et de découper la viande en minuscules morceaux, exactement comme elle. La regarder manger revient à voir une vidéo sur le protocole des dîners mondains. Je n'ai plus qu'à l'imiter. *Jacques a dit...*

D'un côté, je la plains un peu. Toute sa vie ne consiste qu'à se soucier de ce qu'il faut faire ou ne pas faire, des bonnes manières, des principes. Je serais prête à parier que tout ça n'est qu'une façade. Que son obsession vient du fait que son mari avait une maîtresse, et qu'elle était condamnée à faire bonne figure et à feindre vis-à-vis des autres que tout allait pour le mieux dans le meilleur des mondes.

Je comprends pourquoi les apparences importent autant pour Victoria. Son mari l'a trompée. Il a eu un enfant avec une autre. Mais elle a mis un point d'honneur à ce que tout le monde pense que la vie de la duchesse de Harksbury était parfaite. Un long fleuve tranquille. Elle est exemplaire, voyez-vous ?

Je suppose que je n'aurais pas dû la juger aussi durement.

– Les roses sont en pleine floraison. Emily et moi nous sommes promenées dans le jardin hier, il embaume, dis-je pour être aimable.

Victoria mâche un morceau de viande et me dévisage.

– Oui. Les jardins sont toujours magnifiques à cette époque de l'année. Feu le duc les a fait concevoir de telle façon que le parfum soit un compagnon constant de qui se promène sur les chemins.

Feu son mari. Elle vient de faire allusion à lui. Les mots sont tombés tels des coups de canon, lourds et écrasants. Je ne sais trop que dire, aussi j'ingurgite une nouvelle bouchée pendant qu'un ange passe.

Combien de plats y aura-t-il ce soir ? Seulement trois, j'espère. Je ne pourrai jamais endurer encore cinq ou six plats. Cette pseudo-conversation guindée m'anéantit et, me connaissant, je ne vais pas tarder à faire une gaffe au sujet d'Emily pour combler les blancs.

Victoria serre sa fourchette si fort que ses articulations pâlissent, on dirait qu'elle a réalisé l'erreur qu'elle a commise en parlant du père d'Alex. Elle pose sa fourchette et remue les doigts. Elle pose ensuite son couteau pour se masser la main et le poignet. La douleur se lit brièvement sur son visage, puis elle reprend ses couverts comme si elle espérait que je n'avais rien remarqué. Je demande :

– Ça ne va pas ?

– Toute cette broderie au fil des ans semble ne pas m'avoir très bien réussi, dit-elle.

Je suis quelque peu surprise de cet aveu. Victoria sans peur et sans reproche. Victoria-la-parfaite.

– Que ressentez-vous ?

– J'ai des fourmis dans les mains, par moments.

– C'est probablement le canal carpien.

Elle me fixe des yeux sans comprendre. Je hausse une épaule.

– C'est un nerf qui se pince au poignet. Essayez de le maintenir le plus droit possible pendant la nuit. Si vous aviez une sorte d'attelle, cela vous aiderait. Au bout de quelques semaines, vous devriez en ressentir les bénéfices.

Pourquoi est-ce que je lui raconte ça ? Personnellement je préférerais que sa main tombe, tout bonnement.

– Merci, dit-elle d'une voix douce.

Mais une seconde plus tard, elle se rappelle que nous sommes des ennemies jurées.

– On ne met pas son coude sur la table.

– Oh.

Je m'empresse de me redresser et laisse les mains sur mes genoux.

– Pourquoi êtes-vous d'avis qu'Emily ne devrait pas épouser Denworth ? demande soudain Victoria.

Elle étudie sa fourchette avec tant d'attention que j'ai l'impression que c'est à elle qu'elle s'adresse, et non à moi.

– Je vous demande pardon ?

Pitié, faites qu'elle ne soit pas au courant ! Alex va hurler si elle a découvert le pot aux roses et qu'elle se met dans tous ses états. Ici, je pensais qu'elle échapperait aux commérages. Elle a l'air de passer pas mal de temps au lit, comme si elle était souffrante. Mais des domestiques auraient pu venir la voir, ou discuter trop fort dans le couloir...

– J'ai surpris une conversation entre Emily et vous. Vous estimez que Denworth et elle sont mal assortis. Voulez-vous bien me dire pourquoi ?

Ah ! Ça va, elle ne sait encore rien.

Victoria regarde en l'air, comme si ce n'était pas elle qui avait parlé. De toute façon, il n'y a que nous deux dans la pièce. Ça lui est donc si pénible d'être aimable avec moi ?

C'est à mon tour d'examiner ma fourchette. Devrais-je inventer une raison fabuleuse, un argument irréfutable à la portée de Victoria, ou simplement lui dire la vérité ? Une femme comme elle ne croit pas à l'amour. Et pour cause. Elle approuvait le mariage entre Emily et Denworth. Elle prétendait que tel était son devoir, et trêve de discussion.

– Elle mérite mieux.

Victoria m'étudie un moment. Son visage est légèrement levé vers le plafond, aussi doit-elle baisser les yeux pour me toiser.

– Mieux qu'un baron ? Elle a autant de chance de trouver l'amour avec lord Denworth qu'avec n'importe quel autre. Peut-être même davantage.

Le plus bizarre, c'est que je crois qu'elle le pense sincèrement. Elle le dit si simplement, comme si c'était une évidence.

– Comment serait-ce possible ? Denworth est si vieux.

Elle repose sa fourchette à côté de son assiette et me regarde bien en face. Pour la première fois, ses yeux ne sont ni perçants ni terrifiants. Ils se sont légèrement adoucis. Cela me fournit un aperçu de ce à quoi pouvait ressembler Victoria il y a une vingtaine d'années. Et je pense qu'elle a dû être très belle.

– Le duc avait presque cinquante-cinq ans lorsque nous nous sommes mariés. Je n'en avais que vingt.

– Et l'aimiez-vous ?

Le silence dans la salle à manger m'apprend ce que je voulais savoir. Manifestement, non. Dans ce cas, pourquoi essayer de me convertir à ses arguments ? Je joue avec un morceau de gras de mon rôti et attends de voir si elle va l'admettre.

– Au début, non. Pas avant les trois ou quatre dernières années.

Je relève la tête, surprise. Trois ou quatre ans avant sa mort ? Cela signifie...

Voilà pourquoi le vieux duc espérait ne plus jamais entendre parler du bébé. Il s'était réconcilié avec Victoria. Il marchait sur des œufs, sûrement, et espérait qu'elle ne découvrirait jamais l'existence de cette petite.

Mais pourquoi ne l'avait-il pas aidée financièrement ? Sa mère et elle en avaient besoin.

Les mains de Victoria sont immobiles et elle ne m'a pas quittée des yeux. Est-elle réellement en train de mordiller sa lèvre inférieure ? Impossible. Victoria est toujours impassible et pétrie d'assurance.

– En vérité, je l'aimais. Mais j'ai essayé de me l'interdire. Pendant des années. Et à présent, je pense à ces années perdues et j'aimerais pouvoir les revivre.

Éberluée, j'écarquille les yeux, muette. J'étais convaincue qu'elle était maussade sans raison. Qu'elle se croyait juste meilleure que tout le monde. Alors qu'elle a vécu l'histoire d'amour la plus tordue et la plus tragique que j'aie jamais entendue. Bien pire que du Shakespeare.

Résultat, elle se cache derrière son étiquette irréprochable et ses préceptes.

– Il est rare de tomber amoureux, Rebecca. Et plus encore de le rester. Emily ne sait pas davantage ce qu'elle veut que moi à l'époque. Elle épousera lord Denworth, tout comme j'ai épousé le duc. Conformément à ce qui est prévu.

Sauf que ce n'est plus d'actualité. Si elle savait ce qui se passe à quelques kilomètres d'ici... Victoria a eu de la chance avec son mari. Elle est tombée amoureuse de lui. Mais je refuse de croire qu'un quinquagénaire ait autant de choses à partager avec Emily qu'un garçon de son âge. Un garçon qui est vraisemblablement déjà amoureux d'elle.

– Ne croyez-vous pas que la décision devrait appartenir à Emily ?

La voix de Victoria s'adoucit un peu.

– Elle ne lui incombera jamais.

Et durant une seconde, les yeux dans les yeux, j'ai l'impression que Victoria essaie de me dire qu'elle est d'accord avec moi. Que le choix *devrait* en effet revenir à Emily.

Mais déjà elle gâche tout :

– Votre coude.

Je lève les yeux au ciel, ôte mon coude de la table et me redresse sur ma chaise. Il faut croire que certaines choses sont inaltérables.

25

Longtemps après la fin du dîner, ni Alex ni Emily ne sont encore revenus. Il est parti la chercher ce matin. Que peuvent-ils bien faire ? Emily était seulement censée disparaître une nuit... et la deuxième approche dangereusement.

J'erre dans les couloirs de Harksbury comme un animal en cage. Je traverse la bibliothèque, le bureau et les chambres d'amis, et la cour. Je me rends dans les cuisines, puis dans trois autres salles à manger.

Qu'est-ce qu'ils fabriquent, à la fin ? Pourquoi est-ce si long ? Que se passe-t-il ? Et s'il était arrivé quelque chose de fou ? S'ils s'étaient fait... je ne sais pas moi, arrêter, ou dévaliser, ou s'ils étaient morts ? Nous sommes en 1815. Toutes sortes de choses insensées pourraient se produire.

Je me demande s'ils sont allés directement voir le père d'Emily. Tous les trois. Mon Dieu, et s'il entrait dans une rage folle et criait vengeance ? D'après Alex, il est d'une extrême sévérité.

Et si j'ai irrémédiablement gâché la vie d'Emily ?

Que font-ils ? Je ne supporterai pas une nuit de plus à me retourner comme une crêpe. Que ce cauchemar cesse. Je veux rentrer à la maison. Au XXIe siècle, où ce genre d'enfer n'arrive pas.

Le XXIe siècle. C'est à peine croyable que je n'y aie plus repensé ces derniers temps. Les deux premiers jours, j'en étais obsédée. Mais récemment, j'ai été trop occupée par les fiançailles d'Emily, les insultes d'Alex, le protocole du dîner avec Victoria... J'ai plus ou moins fini par me laisser emporter dans toutes ces histoires.

Il faut que je me creuse les méninges quant à la suite des événements. Je ne peux pas continuer à vivre ici. Rebecca doit arriver dans deux semaines.

Et ce jour-là, mon imposture éclatera au grand jour : tout le monde saura que je suis une usurpatrice. Il faut à tout prix que je trouve un plan de secours, une stratégie. Et surtout, comment suis-je censée revenir dans mon siècle ?

C'est peut-être absurde de m'incruster comme ça mais, franchement, quelles sont mes autres options ? Si je peux au moins me concentrer sur quelque chose de positif, espérons que le reste se résoudra tout seul.

Pour l'instant, c'est l'impasse.

Je déambule actuellement dans l'aile est en regardant les tableaux, une bougie à la main ; la maison est plongée dans l'obscurité. Ce sont surtout des paysages qui sont accrochés sur ce mur. De belles collines verdoyantes, de vastes prés herbeux, des vallons majestueux. Ça ne suffit pas à me distraire, mais c'est tout de même intéressant.

Je contemple une mer démontée se fracassant contre des falaises quand sa voix me parvient. Emily. Elle est revenue.

Je soulève mes jupes et cours vers l'extrémité du couloir ; mes souliers résonnent lourdement sur le parquet.

Je dérape au coin juste à temps pour la voir monter la première marche menant vers sa chambre. Elle m'entend et lorsqu'elle me voit, ses yeux s'éclairent. Je pousse un immense soupir de soulagement. Son visage n'est pas strié de larmes. C'est sûrement bon signe, non ?

– Où est Alex ?

– Il est parti s'entretenir avec mon père.

Emily pince les lèvres, et l'inquiétude plisse son front.

Je m'arrête à quelques mètres, avec la soudaine impression qu'un mur s'est dressé entre nous.

– Avais-tu oublié qu'il devait te donner l'autorisation ? Je l'ignorais complètement. Ça ne se passe pas ainsi... chez nous.

Elle inspire profondément, pour se calmer.

– Je suppose que dans ma fébrilité, j'ai négligé cet élément.

– Oh.

Je hausse les épaules, faute de savoir quoi faire d'autre.

– A-t-il dit quand il reviendrait ?

– Dans deux jours. Il faut une journée de cheval pour atteindre le domaine de mon père. Il devra s'arrêter dans une auberge pour la nuit.

Eh bien. Il doit se coltiner une journée de route aller et retour plus une nuit à l'hôtel à cause de moi. Il doit être ravi.

– Et sinon, euh... comment s'est passée la soirée ? Tu t'es bien amusée, au moins ?

– Oui. Nous avons dîné aux chandelles, c'était merveilleux. Trent nous avait apporté un délicieux panier de pique-nique.

– Oh, c'est chouette ! dis-je avec un enthousiasme forcé.

Pour la première fois, la conversation paraît affectée et gênée, comme si nous étions deux étrangères. Je n'ai jamais vu Emily avec une mine aussi inquiète. Ses épaules et son visage trahissent sa tension, et elle n'est pas surexcitée d'avoir passé une soirée avec Trent.

Mon Dieu, j'ai commis une énorme bévue. Si Alex ne rattrape pas le coup...

Bientôt, elle saura qu'elle a confié sa vie à une parfaite inconnue. Et que je l'ai trahie.

C'est horrible.

– Euh, bon... hem, je vais me coucher. Je suppose que nous en saurons plus demain, dis-je.

Il vaut mieux que je m'éclipse avant de tout lui révéler.

Elle hoche la tête et monte l'escalier. Je la suis. Nous nous séparons sur le palier, chacune se dirige vers son aile.

Une chose est sûre : je ne dormirai pas cette nuit.

Les deux jours suivants s'écoulent avec lenteur. Je ne fais que passer en revue tout ce qui pourrait mal tourner, tout ce qui pourrait bien tourner, et toutes les éventualités intermédiaires.

Et au milieu de tout cela, je pense à ma vie.

Et si pendant ce temps-là j'étais portée disparue, dans le XXIe siècle ? S'ils avaient lancé des équipes de recherche, si tout le monde croyait que je m'étais fait kidnapper ? J'imagine ma mère au bord de la dépression nerveuse. J'ai eu tant de mal à la convaincre de me laisser faire ce voyage. Elle culpabilisera à mort.

Misère, elle sera obligée d'appeler mon père, aussi. Et elle a horreur de ça.

Et si je réapparais comme une fleur après un mois d'absence, je suis censée leur dire quoi ? *Désolée, je suis partie en vacances dans l'Angleterre de 1815. Je me suis un peu fourvoyée dans cette histoire de mariage arrangé, enfin vous savez comment c'est. Et je suis allée à quelques bals, et j'ai porté des corsets, tout ça. En fait, c'était plutôt marrant comme expérience. Surtout, ne vous faites pas de souci pour moi, hein !*

Eliza entre dans ma chambre pendant que je suis déjà en train de me brosser les cheveux, assise sur le tabouret. C'est la première fois que je lui coupe l'herbe sous le pied en me levant toute seule. Je crois qu'elle adore particulièrement ce moment de la journée, quand je vois avec quel élan elle arrache les couvertures et ouvre grands les rideaux.

– Sa Grâce vous demande.

Je me fige, la brosse en l'air.

– Quoi ?

– Il demande à vous voir, répète-t-elle en me prenant la brosse des mains et en poursuivant le démêlage de mes cheveux.

– Il est revenu ?

Elle fait « oui » de la tête.

– Oh !

J'avale ma salive. L'heure de vérité a sonné. A-t-il convaincu le père d'Emily, ou sa vie est-elle définitivement gâchée ? Va-t-il me dire que j'ai tout fichu en l'air et qu'il avait raison ?

J'ai pris l'habitude du rituel de l'habillage et suis prête beaucoup trop vite à mon goût. Mon parcours jusqu'au bureau d'Alex est celui d'une condamnée à mort. Je me demande ce qu'il va me dire. De toute manière, ce ne sera pas une partie de plaisir.

J'entre dans son bureau, mais personne ne m'annonce et il ne me remarque pas. Alors je le regarde.

Il est en train d'écrire. Avec une plume et de l'encre. L'encrier est posé à côté de sa main droite. Il est tellement absorbé qu'il continue trente secondes avant de m'apercevoir. J'ai eu le temps d'observer la façon dont il plisse les yeux lorsqu'il se concentre, le pincement de ses lèvres.

J'ai eu le temps de me demander ce que ça ferait de l'embrasser.

Au secours ! Que m'arrive-t-il ? Je le déteste. Je le *déteste*. Je n'ai absolument aucune envie de l'embrasser.

C'est à cet instant qu'il lève la tête, et je fais de mon mieux pour lui sourire sans trahir mes pensées.

– Asseyez-vous, je vous prie, m'invite-t-il en se levant.

J'obéis et je prends place sur le même fauteuil que la dernière fois. La porte reste ouverte.

Je suis assise aussi droite que possible, les mains sur les genoux, les pieds sagement réunis. L'influence de Victoria doit déteindre sur moi.

Alex fait le tour de son bureau et s'y appuie, à moitié assis, en croisant une cheville et en se penchant en arrière.

– Vous avez dépassé les limites.

Je serre les dents, durement, pour m'interdire de riposter. Je dois savoir où il veut en venir avant de perdre mon sang-froid.

– Vous avez manigancé dans mon dos un complot bancal et terriblement risqué. Je suis outré.

– Mais...

Il lève une main pour me réduire au silence.

– Je ne vous raconterai pas ce que j'ai dû faire pour convaincre son père de consentir à l'arrangement. Vous avez de la chance que M. Rallsmouth dispose d'une fortune suffisante pour subvenir aux besoins de mademoiselle Emily, car elle ne recevra plus rien de mon oncle à partir d'aujourd'hui.

La seule chose que j'entends, c'est *convaincre son père*.

– Alors, ça a marché ?

Un sourire s'épanouit sur mon visage et je bondis sur mes pieds.

– Elle va épouser M. Rallsmouth ?

Alex s'écarte du bureau pour se dresser devant moi.

– N'avez-vous donc rien entendu de ce que je viens de dire ? Vous avez commis de terribles erreurs de jugement. Vous...

– Mais j'avais raison ! Et grâce à moi, elle va épouser l'amour de sa vie !

Il est debout en face de moi, à quelques centimètres.

– *Vous n'aviez pas raison ! Vous vous êtes mêlée d'affaires qui ne vous regardaient aucunement !*

Je serre les poings et sens ma colère s'enflammer et égaler la sienne.

– Vous me tenez pour quantité négligeable parce que je ne suis qu'une misérable fille sans titre de noblesse ! Mais il fallait que quelqu'un réagisse, et vous ne le jugiez pas utile !

– Vous n'auriez jamais dû intervenir, grogne-t-il.

– Vous n'auriez jamais dû m'y obliger ! je riposte, en enfonçant un doigt dans sa poitrine. Vous auriez dû être présent pour Emily quand elle a eu besoin de vous !

En un éclair, il comble la distance qui nous séparait. Ses lèvres frappent les miennes si vite que je ne peux même pas fermer les yeux. Ses mains trouvent une place de chaque côté de mon visage et m'attirent, et pendant deux secondes et quatre centièmes, je flotte entre l'envie de fermer les paupières et celle de rester là debout, pétrifiée. Je ne sais comment, c'est la première envie qui l'emporte et je ferme les yeux, en sentant mes genoux se dérober et en pressant mes lèvres contre les siennes. Je cesse de respirer et saisis ses manches des deux mains pour ne pas tomber à la renverse. Ses lèvres sont chaudes et douces et...

Et je réalise ce qui se passe. *Qui* je suis en train d'embrasser.

Vous n'êtes pas une lady, a-t-il dit.

La phrase me blesse autant maintenant qu'au moment où il l'a prononcée. À ses yeux, je suis une moins que rien.

Qu'est-ce que je fabrique ? Je me rejette en arrière et me heurte au mur avec grand fracas. Il rouvre les paupières.

– Je... euh...

Je bredouille deux mots, puis pivote si vivement que mes jupes tournoient autour de mes jambes et je dois attendre qu'elles retombent avant de me précipiter hors de la pièce.

26

C'est quoi ce délire, qu'est-ce qui lui a pris de *m'embrasser* ? Et pire, qu'est-ce qui m'a pris d'aimer ça ? Il est... arrogant, critique et élitiste. Seuls les aristocrates sont dignes de lui.

Zut à la fin, je suis trop bête ! Comment a-t-on pu passer de la grande scène du duo à un baiser ?

L'estomac noué, je vais droit chez Emily. Elle est assise sur la grande banquette devant la fenêtre et contemple la cour quand je fais irruption dans sa chambre. En quelques pas, je suis à côté d'elle et j'annonce :

– Tu vas te marier.

J'essaie de paraître gaie et normale alors que tout chavire à l'intérieur à une telle vitesse que je suis à la limite de la nausée.

Elle relève les yeux et me fixe, sans expression.

– Ça a marché. Alex a convaincu ton père.

Elle pousse un cri et me serre dans ses bras. Son visage s'illumine, fendu d'un sourire qui court d'une oreille à l'autre.

– Quel bonheur !

Elle se lève d'un bond et se lance dans une danse adorable, en pirouettant indéfiniment jusqu'à ce que ses jupes ressemblent à une toupie. Puis elle retombe, essoufflée, sur la banquette, et je vois qu'elle a la tête qui tourne.

– Comment pourrai-je jamais te rendre ce que tu as fait pour moi ?

– Comment ?

Je n'ai pas entendu ce qu'elle vient de dire. Je suis trop occupée à passer les doigts sur mes lèvres pour calmer la sensation de picotement.

Mon premier baiser. C'était mon premier baiser. Et c'est un duc. J'ai embrassé un duc. Sans rien voir venir, en plus. J'ai toujours rêvé du baiser au ralenti, sous le porche devant chez moi, en rentrant de notre premier rendez-vous – ou un scénario dans ce style. J'imaginais le trac, l'attirance, l'attente... Mais ça a été aussi soudain qu'inattendu. C'est complètement fou.

– Ça ne va pas ? me demande Emily.

Ses yeux noisette sont doux et expressifs, on dirait que je m'apprête à me décharger du poids du monde et qu'elle est heureuse à l'idée de le porter.

– Je... je ne sais pas. J'essaie de cerner ton cousin. Tout ce qu'il a fait jusqu'à présent... et puis... je n'arrive pas à comprendre quel genre de personne il est, voilà.

Elle se contente de sourire et d'attendre, comme si

elle savait que je continuerai dès que j'aurai trouvé les mots.

– C'est juste que... à la soirée chez les Pommeroy, il a essayé de dire à cet autre noble que je n'étais pas fréquentable. Il lui a conseillé de danser plutôt avec une *dame*. Genre, je ne vaux rien sous prétexte que je suis une vulgaire roturière.

Emily fronce les sourcils.

– Cela ne lui ressemble pas. Je suis sûre qu'il n'a jamais voulu te blesser.

– Mais c'était atrocement pédant, et chaque fois que je me dis qu'il mérite peut-être une chance, j'y repense et je réalise que c'est un goujat. Pourquoi aller dire à ce lord Brimmon que je ne suis pas assez bien pour lui ?

Elle tourne brutalement la tête vers moi.

– Il s'agissait de lord Brimmon ?

J'acquiesce d'un signe de tête et m'étonne de sa réaction.

– Pourquoi ? Quelle importance ?

Emily hésite, et j'insiste :

– Dis-le-moi.

– Brimmon a une réputation de débauché dans le meilleur des cas et d'escroc dans le pire. Si Alex a voulu l'empêcher de danser avec toi, c'était pour protéger *ton* honneur, non le sien.

J'en reste coite. Ce serait possible ? J'aurais pu me tromper sur son compte ?

Vaste soupir. Je me suis vraiment fourvoyée à propos de cette époque. Je juge Alex à cause de cette remarque depuis l'instant où il l'a prononcée.

– Donc... ça n'avait rien à voir avec le fait que je suis quantité négligeable ?

Emily éclate de rire.

– Grand dieu, non. Tu es son hôte. Comment pourrait-il en être ainsi ?

– Oh. Mais ensuite il a dit qu'il dansait avec moi parce que c'était bienséant. Parce que j'étais son hôte, justement, et que c'était son devoir. À l'entendre, une sale besogne.

Emily semble très amusée.

– Bien des hôtes ont été accueillis à Harksbury. Alex a dansé très exactement avec une seule invitée. Toi.

– Oh.

Je contemple mes mains et essaye de contenir un irrépressible sourire. Impossible. Déjà, il illumine mon visage tout entier.

Alex a dansé avec moi parce qu'il en avait envie. Pas par devoir.

Est-il réellement possible qu'il ne soit pas celui que je croyais ?

– Eh bien, maintenant que j'ai tout gâché...

Je me tais. Je ne suis pas prête à admettre le baiser bâclé avec Alex.

– Il va me prendre pour une foldingue.

Elle plisse le front. Je ne sais pas si elle s'interroge

sur ce qui s'est passé entre Alex et moi ou sur ce qu'est une *foldingue.*

– Je suis convaincue qu'il ne penserait jamais une chose pareille.

J'aimerais pouvoir la croire. Mais la vérité, je la connais : Alex ne m'embrassera plus jamais.

Et pourtant, j'en ai furieusement envie.

27

Ce n'est qu'une heure plus tard qu'une servante entre dans ma chambre. Et quand elle m'annonce que le duc m'invite à faire une promenade à cheval, je suis envahie d'émotions bizarrement contradictoires. Malgré ma fuite, il a encore envie de me voir ?

Qu'est-ce qui se passe entre nous ? Et pourquoi j'ai si désespérément envie qu'il y ait *quelque chose* ? Je ne devrais rien désirer. Pas avec un type comme lui.

Enfin, je l'avoue, j'ai fait fausse route à propos de l'enfant illégitime et de lord Brimmon, mais l'individu continue à penser que je ne dois avoir ni opinions ni mon mot à dire sous prétexte que je suis une fille. Pour lui j'ai une place, et elle est derrière un garçon.

Au rayon contrariétés, je n'arrête pas de repenser à notre baiser. Le moment où je me suis cognée contre le mur dans mon impatience de me sauver est l'apothéose de la scène, je me le repasse inlassablement dans ma tête.

Lorsque j'approche de l'écurie et qu'il se retourne

vers moi, pas moyen de lutter contre la fièvre qui me brûle les joues. Il se place à côté de mon cheval. Impossible de le regarder. Je suis tellement gênée que je fixe l'étrier comme s'il exigeait toute ma concentration.

Va-t-il dire quelque chose ?

S'excuser de m'avoir... embrassée à la hussarde ? Peut-être que s'il met le sujet sur le tapis... s'il s'excuse, je pourrai m'excuser aussi. De m'être sauvée. C'était si soudain que j'ai réagi instinctivement.

Mais il garde le silence. Il m'aide à monter. J'y arrive du premier coup et je me sens assez fière de moi tandis que j'arrange ma jolie robe pour qu'elle tombe élégamment sur mes chevilles. Du moins, jusqu'à ce que je le voie grimper sur son cheval et réalise à quel point il rend la chose gracieuse et facile, et pourtant sa monture se dérobe alors qu'il n'est même pas encore dessus.

Nous longeons l'écurie, et en jetant un coup d'œil à l'intérieur, j'aperçois l'un des palefreniers qui montre à l'autre comment faire le robot, les bras raides et pliés de façon extravagante, la tête pendante. Je dois me mordre l'intérieur des joues pour m'empêcher de rire en voyant les sourcils d'Alex se hausser si haut qu'ils atteignent presque la racine de ses cheveux.

J'aime bien le voir comme ça pris au dépourvu. C'est mignon. Ça me donne envie de faire un truc complètement fou, rien que pour voir son expression.

Nous passons devant la maison, les jardins et les baies vitrées et l'imposante entrée principale, puis nous nous engageons dans l'allée. Deux garçons d'écurie nous suivent pour servir de chaperons, mais je m'y suis habituée. Ça ne me choque plus. Aujourd'hui, Alex veut rendre visite à un de ses métayers, si j'ai bien compris.

Ça va être une journée délicate. Des jours durant, je me suis empêchée d'admettre qu'il me faisait craquer, et je suis bien obligée de me rendre à l'évidence : en fait, il me plaît. C'est incroyable. Comment peut-il me plaire ? Et pourquoi ?

Et par-dessus le marché, tôt ou tard je devrai lui avouer la vérité sur mon identité. Ce nuage noir plane au-dessus de tout ce que je fais, la menace de l'instant où ce monde me sera arraché parce qu'Alex et tous les autres sauront que je ne suis pas Rebecca. Comment cela peut-il m'angoisser à ce point ? Pourquoi y a-t-il des moments où j'espère que je pourrai rester ici longtemps, très longtemps ?

L'avantage de chevaucher sur une route, c'est qu'on peut être côte à côte. Alors que nous avançons sur un chemin de terre bordé d'arbres, je ne peux m'empêcher de penser que je préfère être ici, maintenant, que n'importe où ailleurs au monde. Il fait beau, mais un peu plus frais que lors de notre précédente sortie et je ne sue pas sang et eau. Alex porte une superbe redingote avec une queue de pie qui flotte chaque fois que la brise s'y engouffre.

– Si vous desserrez les rênes, elle ne mordra pas si fort sur le mors, observe Alex une fois que nous sommes éloignés de Harksbury.

Je regarde ma jument et la vois qui serre les dents autour de la barre en métal dans sa bouche. Je l'entends, comme des ongles sur un tableau noir, mais j'hésite à lui donner du mou.

– Vous me promettez qu'elle restera sage ?

Il m'adresse un regard solennel et hoche la tête. Je trouve ça gentil qu'il ne se moque pas de ma peur. Je relâche quelques centimètres de rênes, et le grincement de dents cesse. La jument étire un peu la tête mais sans accélérer l'allure.

Soulagement.

Je lève la tête vers Alex et vois qu'il me dévisage avec un petit sourire amusé. Ses yeux étincellent sous le reflet verdoyant de la voûte formée par les arbres sous lesquels nous cheminons. Le contraste avec la colère que j'y ai vue ce matin est stupéfiant. Ses mains sont posées sur la crinière luisante de son cheval, ses hanches ondulent au gré des mouvements de sa monture, beaucoup plus grande que la mienne. Pas un grain de poussière sur sa redingote, pas un faux pli sur sa cravate amidonnée.

– Avez-vous le mal du pays ? me demande-t-il.

Mon cœur manque un battement. Il sait. Il me demande si le XXIe siècle et les Starbucks et les voitures et l'électricité me manquent.

Mais je réalise alors que Rebecca n'est ici qu'en visite.

– Oh ! Euh, oui.

On est amis, maintenant ? Pourquoi tout ça doit-il être aussi compliqué et... excitant ?

Et pourquoi ne fait-il même pas allusion à ce qui s'est passé tout à l'heure ? Il ne peut pas juste dire quelque chose ? Hors de question que ce soit moi qui aborde le sujet. Je l'ai sur le bout de la langue, mais les mots ne veulent pas sortir.

– Mais vous aimez Harksbury ?

Que me demande-t-il vraiment ? Si j'ai aimé notre baiser ? Si je regrette de m'être enfuie ?

Je le regarde longuement, droit dans les yeux, laissant ma jument grignoter quelques hautes herbes et l'obligeant à s'arrêter.

– Oui. Je crois que ça va être difficile de m'en aller.

Il hoche la tête sans me quitter des yeux. J'ai l'impression qu'il passe entre nous beaucoup plus de mots que ceux que nous échangeons. Soudain je suis à deux doigts de laisser échapper des tas de choses que je ne devrais pas.

Je relève la tête de la petite jument et, sans le vouloir, je la serre trop fort avec mes pieds. Elle fait un bond en avant et je dois saisir le devant de la selle pour ne pas tomber. De ma main libre, je tire sur les rênes et elle reprend une allure tranquille. Alex se tourne de nouveau vers son cheval.

– Que ferez-vous en rentrant chez vous ? demande-t-il.

– Je... eh bien, je n'en suis pas certaine. Je ne vois plus tout à fait les choses sous le même angle, à présent. Qu'en arrivant ici.

Il approuve comme s'il comprenait, mais c'est

impossible. J'ai envie de lui raconter qu'Angela et les autres m'ignoraient, avant. J'ai envie de lui raconter à quel point j'étais inhibée, combien j'avais peur d'être moi-même. Qu'en achetant ces chaussures, ce que je voulais en fait acheter, c'était le respect d'Angela. J'ai envie de lui dire que même si je comprends tout ça avec une relative objectivité, je sais que je me sentirai encore mal à l'aise et gauche en sa présence. Que je continuerai à exhiber mes Prada en espérant qu'elle les remarquera. Pourquoi ? Mystère.

Mais il garde le silence, et les mots ne me viennent pas. Cela vaut probablement mieux. Il me croit peut-être courageuse et intelligente, comme Rebecca, et ça gâcherait tout s'il savait le mal que je me donne, et qu'en vérité je fonce à l'aveuglette. S'il connaissait la vraie Callie, elle ne l'intéresserait absolument pas.

Mon Dieu, qu'est-ce que je raconte ? Je ne l'intéresse sûrement pas. Ce baiser est arrivé par hasard, dans le feu de l'action. Ça ne prouve pas qu'il m'aime bien.

Nous passons devant un champ où paissent des moutons. Leur laine a été tondue et ils paraissent minuscules sur leurs petites pattes fragiles. Nous longeons ensuite des rangées de cultures soigneusement alignées, puis franchissons un pont et un petit ruisseau dans lequel se reflète le soleil. Nous passons sur des rochers que les roues des carrioles et des voitures ont rendus lisses. Nous restons sous l'ombre fraîche des aulnes et des érables...

Deux heures plus tard, nous nous arrêtons au bord

de la route, au milieu de champs de maïs. Alex fait volter son cheval et contemple les récoltes pendant un long moment sans rien dire, et je n'entends que le mugissement lointain d'une vache. Puis il s'apprête à repartir dans la direction d'où nous sommes venus.

– Êtes-vous censé, je ne sais pas, voir quelqu'un, aujourd'hui ?

Il incline la tête de côté et me sourit, comme s'il savait qu'il avait été pris en faute mais qu'il s'en moquait.

– Pas vraiment. Certains jours, j'ai simplement envie de monter à cheval et d'admirer les terres telles qu'elles m'ont été léguées. J'ai peur de ne jamais tout voir.

– Oh.

Nous faisons demi-tour et repartons vers Harksbury. J'aime bien la façon dont il se détend quand il est loin de là-bas. Je commence à comprendre d'où lui vient sa rigidité. Pourquoi il est si coincé.

Le monde repose sur ses épaules. Alors qu'ici, il n'y a que nous. Un garçon et une fille. Qui font du cheval. Qui prennent du temps pour eux.

– Merci, dit-il.

Hein ?

– De quoi ?

Il tortille ses rênes dans sa main, si longtemps que je me demande s'il m'a entendue. C'est la première fois que je le vois mal assuré.

On n'entend que le grattement des sabots des chevaux sur la terre dure et les cailloux.

– D'être celle que vous êtes. Vous ne vous soumettez pas aux prescriptions. Pas si vous n'êtes pas d'accord. Vous voyez les choses telles qu'elles devraient être et non telles qu'elles sont... et cela me donne envie d'en faire autant.

Je le contemple, éberluée. Où est passé Alex et qui est ce type ?

– Je n'ai jamais rencontré de jeune fille qui me... remette en cause comme vous le faites. Et je me rends compte que cela a modifié mon jugement.

Il relâche lentement son souffle.

– Je n'aurais pas dû élever la voix ce matin. Je suis navré.

Je manque m'étrangler. D'abord un compliment, et maintenant des excuses ?

Mais il s'excuse d'avoir crié. Pas de m'avoir embrassée. Qu'est-ce que ça signifie ? Il n'est pas désolé de m'avoir embrassée ?

Une sensation de chaleur se répand à travers moi et je ne peux pas m'empêcher de sourire. Bizarrement, après toutes ces confrontations, j'ai gagné son respect. En prenant fait et cause pour quelque chose. Pour quelqu'un.

– Euh... eh bien, merci. Admettriez-vous par là que je connais peut-être une ou deux choses que vous ne connaissez pas ?

Je lui souris et le regarde droit dans les yeux.

C'est ça, flirter ?

– C'est possible, répond-il en me rendant mon sourire, l'air amusé.

J'aimerais que ce moment dure indéfiniment. Mais ce n'est pas possible.

Alex se penche pour flatter l'encolure blanche et lustrée de son cheval, d'une de ses mains gantées de daim.

Dis-le. Dis-lui juste qu'il te plaît.

Il relève la tête vers moi et je détourne le regard pour fixer l'horizon.

Tu me plais.

Non, je n'y arrive pas. Les mots sont bloqués quelque part dans le fond de ma gorge.

– Je crois que ma mère aimerait donner une réception en l'honneur d'Emily, pour célébrer son mariage imminent.

– C'est vrai ? C'est gentil de sa part. Elle trouvait que lord Denworth lui était mieux assorti.

Je me tourne de nouveau vers lui. Pourquoi ne puis-je en détacher mes yeux ? Pourquoi n'ai-je qu'une envie, le regarder et sourire toute la journée ?

Sans relever, il s'éclaircit la gorge. Il a l'air... mal à l'aise. Ça ne lui va pas.

– J'aimerais bien que vous ayez une robe. Pas une de celles d'Emily. Une robe à vous.

Je crois que mon cœur cesse de battre.

– Je ne doute pas que j'en trouverai une très bien parmi celles d'Emi...

– Ma cousine recevra également une nouvelle robe, dit-il rapidement. Vous verrez la couturière dès notre retour.

– Ah ! Eh bien... D'accord. Je veux dire, merci.

Je tousse sans en avoir besoin, histoire de me donner une contenance et de mettre ma main devant ma bouche pour qu'il ne voie pas mon sourire catégorie cent pour cent niais.

Il hoche la tête et je laisse la conversation retomber. Ce doit être l'un des dialogues les plus forcés que j'aie vécus depuis mon arrivée, alors qu'on parle tout simplement chiffons.

Alex m'offre un cadeau. Une robe. Une robe sur mesure. Est-ce que ça m'arrivera encore dans ma vie ? C'est carrément la folie.

Mais pourquoi fait-il ça ? Est-ce une sorte de cadeau à la *Vous me plaisez gente demoiselle et je suis content qu'on se soit embrassés ?* Mais il en offre une aussi à Emily. Ça ne signifie donc sûrement rien de particulier.

Nous rentrons à Harksbury après au moins cinq ou six heures d'absence. Nous contournons la maison pour rejoindre un palefrenier à l'arrière. Alex lui tend ses rênes et avance vers mon cheval, et quand je réalise qu'il va m'aider à descendre, j'ai un trac insensé.

Je décroche ma jambe de la fourche en cuir et me trouve face à lui. Il lève les mains vers mes hanches et m'aide à glisser à terre.

Résultat, je me retrouve plus proche de lui que ce matin pendant notre baiser, mon dos contre le flanc du cheval et mes mains sur les siennes, là où elles sont posées près de ma taille. Est-ce que je respire encore ? Il est si proche, à me toiser de sa hauteur. Est-ce qu'il va encore m'embrasser ?

Oh, mon Dieu... est-ce qu'il... ?

Est-ce que je suis censée... ? *Pitié*, faites que ce soit un remake de la scène de ce matin. Eh là, minute ! Ai-je réellement envie de l'embrasser ? Qu'est-ce qui me prend ? *Oh, tais-toi et laisse-toi aller.*

Je me hisse sur la pointe des pieds et m'approche légèrement de lui, cédant à l'attirance magnétique qu'il exerce sur moi depuis l'instant où je l'ai rencontré. Au moment où je ferme les yeux, je le vois qui recule, et je me retrouve en train de me pencher vers le vide. Il est déjà à un ou deux mètres quand je me redresse.

Ce n'était pas ce qui était censé arriver. Il me fixe, les lèvres légèrement entrouvertes, avec une expression évoquant vaguement de l'inquiétude, et je ne veux pas le regarder assez longtemps pour la déchiffrer. Est-il embarrassé ? Dégoûté ?

J'ai le visage pivoine à tendance violacée. J'allais vraiment l'embrasser et il a tout bonnement reculé.

– Je...

Je ne trouve rien à dire, alors je marmonne quelque chose du style « à tout à l'heure », puis je rassemble mes jupes et me sauve. Le flop total. Ne cherchez plus la reine des sacs de nœuds : c'est moi. D'abord, je détale quand il essaie de m'embrasser et quelques heures plus tard, je change d'avis et c'est moi qui me jette à sa tête. Je peux difficilement être plus énigmatique.

28

Les jours qui suivent, les domestiques s'absorbent dans un bourdonnement d'activité. Ils battent les tapis et font reluire les rampes d'escalier, lessivent les sols et lavent les rideaux, taillent les haies et époussettent les tableaux. Et chaque fois que je crois les avoir tous repérés, j'en aperçois quelques autres. Je crois qu'ils doivent finalement être une soixantaine.

Soixante domestiques. C'est insensé. Il faut dire que Harksbury ne ressemble pas aux maisons de chez nous. Ici, pas de machines à laver ou de chauffe-eau. Il faut bien que quelqu'un fasse le travail, même monter l'eau à l'étage dans la petite cuvette que j'utilise pour ma toilette le matin.

Emily et moi nous rendons chez la couturière en ville. C'est la première fois que j'y retourne depuis le lendemain de mon arrivée, et cette fois j'arrive à apprécier le paysage et à m'intéresser davantage aux alentours. Les boutiques sont ravissantes, alignées les unes à côté des autres, avec des vitrines clamant fièrement ce qu'elles renferment. Boulangerie, boucherie, forgeron, chapelier. Des dames se promènent sur les trottoirs, une ombrelle à la main. De la poussière se soulève dans la rue au passage des voitures à cheval aux roues grinçantes.

Emily descend de la calèche avec l'aide de la domestique, déjà perdue dans ses rêves de nouvelle robe.

– Si seulement Sa Grâce nous avait laissé davantage de temps. J'aurais beaucoup aimé voir les drapiers de Londres. Ils sont certainement plus au fait des derniers modèles, sans parler de leur éventail d'accessoires.

Je hoche la tête, sans rien comprendre à ce dont elle me parle. Nous traversons la rue pleine d'ornières et elle continue à babiller au sujet de ses vêtements, et nous entrons dans la plus grande boutique du coin de la rue. Malgré la porte ouverte, il fait un peu étouffant à l'intérieur. Mes yeux s'accoutument à la pénombre de la vaste salle et je vois une femme aux cheveux clairs vêtue de gris qui s'approche et nous salue d'une profonde révérence.

– Mademoiselle Thorton-Hawke, mademoiselle Vaughn, enchantée de vous rencontrer.

Emily et moi lui répondons par une autre révérence. J'assure, maintenant. Je croise une jambe derrière l'autre et penche le buste jusqu'à ce que mes jupes bouffent un peu autour de moi, puis je me relève. Ça peut paraître bizarre, mais je commence à apprécier ces manières formelles. C'est un témoignage de respect, une chose que les gens ne font plus souvent.

Elle nous précède ; nous passons devant deux jeunes femmes qui cousent tranquillement derrière de charmants petits bureaux, et arrivons devant un mur d'étoffes, de brocarts et de rouleaux de soie et de satin, qui dégringolent jusqu'à terre en formant un arc-en-ciel de couleurs.

– Je crains que notre sélection ne soit quelque peu limitée aujourd'hui. J'attends une livraison de nouveaux modèles en provenance d'Amérique dans quatre jours.

Ma bouche devient sèche.

– D'Amérique ?

– Oui. La compagnie maritime du baron Gaverson s'est procuré certaines des soies les plus raffinées en provenance des Indes. Du moins, c'est ce dont il s'est vanté à qui voulait bien l'entendre.

– Ton navire n'appartenait-il pas à la compagnie de Gaverson ? me demande Emily.

C'est la cata. Un bateau d'Amérique. Un bateau de la compagnie dont Rebecca avait parlé à Emily.

C'est elle. Elle arrive. Dans quatre jours. Le lendemain du bal. Et encore, si le navire est ponctuel. Allez savoir, elle est peut-être déjà là !

Le tic-tac de l'horloge vient de se transformer en bombe à retardement.

Je m'agrippe au bord d'une table pour soutenir mes genoux défaillants. Emily n'a pas remarqué mon bouleversement, mais je suis sûre que mon visage doit être livide.

La femme nous montre les rouleaux de tissu.

– Eh bien, avez-vous une idée de ce que vous souhaiteriez ?

– De la soie rouge, déclare aussitôt Emily. Le bal est donné en mon honneur, je peux me permettre d'attirer l'attention.

La modiste hoche la tête d'un air satisfait.

– Et vous, mademoiselle ?

Je hoche la tête aussi, les yeux dans le vague.

Quatre jours. Et après ? Tant que je ne connaissais pas la date de son arrivée, je pouvais faire abstraction d'elle. Faire comme si la vraie Rebecca ne viendrait jamais.

Mais la réalité vient de me rattraper. Le choc est brutal. Je n'ai aucun plan. Tout va voler en éclats dans quatre jours.

– De toute évidence, vous n'envisagez pas de vous coordonner, dit la femme.

– Pardon ?

Je relève la tête. Elles m'observent toutes les deux.

– Mlle Emily a choisi la soie cramoisie. Savez-vous quelle couleur vous tenterait ?

– Oh, émeraude, dis-je sans hésitation. Celle-ci.

Je ne lui dis pas pourquoi. Je ne lui dis pas que c'est exactement la couleur des yeux d'Alex.

Je ne lui dis pas quelle expression auront ces yeux dans quatre jours, lorsqu'il découvrira ma traîtrise.

Mon Dieu, comment ai-je pu laisser filer le temps ? Pourquoi ai-je pensé que je pourrais parader indéfiniment sous l'identité d'une autre fille ? Je suis trop bête. Le château de cartes va s'effondrer. Ils vont sûrement m'arrêter et me mettre en prison.

Ma vie s'arrête.

La couturière opine de la tête.

– Avancez, je vais prendre vos mesures.

Emily me fait signe de passer la première, et je monte sur un petit escabeau. La femme se met au travail et mesure ma taille, mes hanches, mon tour de taille. Elle ne parle pas. Elle soulève mes bras et déplace ma tête comme si j'étais un cheval et non un humain. Je suppose que cela vaut mieux, car si elle s'adressait à moi, je ne l'entendrais même pas à cause du rugissement de mon cœur.

Pendant qu'elle prend les dimensions d'Emily, celle-ci lui donne ses instructions concernant les dernières modes de la saison, lui indique à quelle longueur exactement elle voudrait l'ourlet de la robe, et le genre de décolleté qu'il faut. Bien que j'écoute d'une oreille distraite, je me rends compte qu'elle a une opinion très arrêtée quant à ce qu'elle désire. Elle est parfaitement dans son élément. Personnellement, même dans des circonstances normales, je pourrais difficilement être à la hauteur.

La modiste conduit Emily vers une rangée de tiroirs et elles commencent à choisir les « garnitures », apparemment de la dentelle, des passepoils et des boutons. Je n'entends pas la moitié de ce qu'elles se disent.

Je ne suis capable de rien d'autre que de contempler

le sol alors qu'une affreuse déchirure me tord le ventre. J'ai quatre jours devant moi, et tout ceci s'arrête.

Quatre jours.

Enfin, nous partons en promettant de revenir deux jours plus tard pour un essayage, et je ne sais même pas ce que j'ai commandé. Je crois que les mots « surprenez-moi » ont franchi mes lèvres.

– C'est vraiment ton truc, la mode, n'est-ce pas ? dis-je à Emily en remontant dans la calèche.

Il faut que je pense à autre chose, que je tienne la panique à distance. Le soleil brille et je penche la tête en arrière pour laisser mon visage savourer sa chaleur.

– Oh, oui. Mon père a tenu à ce que j'aie un beau trousseau pour mes débuts dans le monde, et je me suis découvert une véritable passion pour la mode.

– Tu devrais être couturière.

Emily glousse.

– Une jeune fille de bonne famille n'a pas à exercer de métier.

Je relève la tête.

– On croirait entendre Alex. Franchement, tu crois que tu seras heureuse de te contenter d'être une épouse et une maîtresse de maison ?

La résolution faiblit sur son visage.

– Qu'est-ce que cela peut faire si l'on n'est pas *censé* avoir un métier ? La mode est manifestement une passion pour toi. Depuis mon arrivée, tu prends plaisir à m'habiller. D'ailleurs, tu n'es pas obligée d'avoir une boutique en ville. Tu peux peut-être inventer de nouveaux modèles pour tes amies, par exemple ?

Son expression change. J'y lis un espoir éperdu. Oh non, pourquoi faut-il encore que je lui mette des idées dans la tête ?

Au moment où le cocher s'apprête à partir, Emily lui demande de s'arrêter. Puis, avec un grand sourire et sans autre explication, elle retourne en courant dans la boutique. Je la fixe avec de grands yeux. Malheur, j'ai créé un monstre.

Quelques minutes plus tard, elle revient et prend place dans la voiture.

– J'ai expliqué très précisément à la couturière de quelle façon elle doit confectionner ta robe. Tu seras la première à porter l'une de mes créations.

– Oh, merci, dis-je sans trop savoir quoi penser.

Quelque chose me laisse croire que ce bal va être la soirée la plus importante de ma vie.

Ou peut-être tout simplement la *dernière* soirée de ma vie...

29

Étrangère à l'effervescence qui agite le rez-de-chaussée, ma chambre reste silencieuse. Je passe une heure dans la baignoire, laissant pénétrer dans ma peau l'essence de rose parfumée et refroidir l'eau. Les pieds posés sur le rebord, la nuque calée, je ferme les yeux et rêve que cette nuit va durer éternellement.

Quatre semaines. Je suis restée ici quatre semaines.

Hier, en retournant chez la couturière, j'ai appris que le navire en provenance d'Amérique avait déjà été repéré depuis la côte. Il arrive dans les temps. Demain, Rebecca sera là.

Les mensonges que j'ai amoncelés autour d'Alex, d'Emily et de Victoria vont s'effondrer. Je ne sais pas ce que je dois faire. Simplement attendre qu'elle se pointe et révèle mon imposture ? Les avertir, et risquer de me faire jeter dehors avant même d'y être obligée ?

Est-ce qu'ils me chasseraient ? Je n'ai pas d'argent. Nulle part où aller.

Voilà pourquoi cette nuit doit durer éternellement.

Afin que le matin ne se lève pas et que je n'aie pas à prendre une décision pour laquelle je ne suis pas du tout préparée.

Emily voulait que nous nous habillions encore ensemble, mais j'ai envie d'être seule. Auprès d'elle, je suis sûre que je vais cracher le morceau. Lui balancer que je ne suis qu'une menteuse et que sa véritable amie va débarquer d'une minute à l'autre. Lui dire que je ne mérite pas son amitié.

Je n'ai pas encore examiné ma robe. Elle est arrivée dans un carton qui est posé sur mon lit.

Quand Eliza entre, je sors à contrecœur de l'eau tiède et prends le peignoir qu'elle me tend. Je vais vers la coiffeuse et m'assieds en silence tandis qu'elle me tire les cheveux et les enroule – trop serrés – dans des bigoudis. Elle me poudre le visage mais je refuse tout autre maquillage.

J'enfile le corset et les fins sous-vêtements, et je me lève pendant que ma bonne sort délicatement la robe de son emballage et la drape sur son bras telle une scintillante étendue d'émeraude. Mon cœur s'accélère à sa vue. C'est la soirée de ma vie. Je vais danser avec Alex. Je vais le convaincre de m'embrasser encore et cette fois, je ne me déroberai pas.

Ce soir, je serai Cendrillon, car demain je redeviendrai Callie et la belle histoire sera terminée. Je serai à nouveau seule, au lieu de partager les repas d'une duchesse, de flirter avec un duc et de rompre et réarranger des fiançailles.

Salut la compagnie.

Je passe les bras au-dessus de ma tête et Eliza fait glisser la robe sans effort sur mes hanches ; elle tombe jusqu'au sol. Je devine en voyant l'expression d'Eliza qu'elle est parfaite. Sa bouche forme un minuscule o et ses yeux s'agrandissent.

– Comme elle est belle, mademoiselle.

Elle se place derrière moi, resserre les cordons et ajuste les manches, puis elle retourne vers le carton et en sort deux longs gants d'un blanc éclatant. Je les enfile, la soie fraîche gaine mes avant-bras jusqu'aux coudes.

Je me rassois ; Eliza défait les rouleaux de mes cheveux et se met à l'œuvre, s'affairant sur les boucles avec douceur pour la première fois depuis mon arrivée à Harksbury. Comme si elle savait que cette soirée est différente, comme si la robe lui en avait montré l'importance capitale.

En bas, la rumeur des invités va croissant. Par la fenêtre, j'entends les chevaux qu'on amène à l'écurie. Je me sens incroyablement détachée de tout, déjà. J'essaie de m'obliger à me dire que demain, je ne serai peut-être plus ici. Dès qu'ils connaîtront tous la vérité. Dès que Rebecca, en chair et en os, frappera à la porte. Je devrais me réjouir qu'elle ne soit pas arrivée en avance, mais tout ce que je souhaite, c'est qu'elle n'arrive pas du tout.

Je me demande si je lui ressemble. Je parie que si je la voyais, je m'esclafferais à l'idée qu'on ait pu nous confondre. Heureusement qu'en 1815 la photographie n'a pas encore été inventée.

Lorsque j'ai enfilé mes souliers et que le bourdonnement des invités est trop fort pour que je fasse la sourde oreille, je me lève. Eliza me tend le miroir et, en me voyant, je suis estomaquée.

Ça ne peut pas être moi.

Mes cheveux blonds sont une cascade de boucles folles. Un rang de perles est entortillé dans les mèches, pareil à une tiare étincelante. Mon décolleté est assez profond pour laisser deviner les seins que je n'ai quasiment pas, mais qui sont miraculeusement remontés et rapprochés par le corset. Bonne nouvelle. Finalement, cet instrument de torture a peut-être une *certaine* utilité.

Ma robe verte longue et ample frôle le sol, et l'ourlet est repiqué de centaines, sinon de milliers de perles vertes translucides. Il a dû falloir des dizaines d'ouvrières pour en coudre autant en si peu de temps. Un liseré de perles vient en rappel sous la taille Empire et à l'encolure.

Emily a accompli des prodiges. Elle a réellement un avenir dans le stylisme. Dommage qu'elle ne puisse pas devenir la prochaine Donna Karan ou équivalent. Mais au moins, on peut être tranquille, toutes ses amies seront toujours habillées dernier cri.

C'est si triste que je ne puisse en faire partie. Cela me donne un pincement au cœur et la sensation d'être creuse.

– Vous allez devoir vous cacher pour ne pas éclipser Emily.

Je souris à Eliza et une décharge d'adrénaline coule dans mes veines. Je vais y arriver. Je vais arrêter de penser à demain et savourer simplement cette nuit.

Elle me laisse et je m'approche de la fenêtre, où je prends quelques profondes inspirations pour me détendre, tout en regardant les valets s'activer avec les chevaux des invités.

Lorsque je me sens prête, toutes proportions gardées, à être de la partie, je quitte le sanctuaire de ma chambre et me dirige vers l'entrée. Le brouhaha des conversations et les rires s'intensifient rapidement pour devenir un rugissement assourdi. C'est assez étrange de voir autant d'inconnus bavarder et se mêler dans le vestibule, en bas, tandis que les serviteurs prennent les manteaux.

Quand j'atteins le haut des marches, il se produit un moment curieux durant lequel les conversations faiblissent, et j'ai l'impression que tout le monde a les yeux braqués sur moi. Non, je suis parano. Ils regardent, certes, mais pas tous. Je souris timidement et résiste à l'envie de lisser ma robe ou de vérifier mes cheveux. Au lieu de cela, je fais glisser ma main gantée sur la rampe et descends.

Un flux ininterrompu de gens semble aller dans la même direction, aussi je suis la foule, curieuse de voir où cela va me mener. Et je me trouve soudain, c'est incroyable, dans un endroit que je n'avais jamais vu auparavant. Ô stupeur, deux larges portes sont grandes ouvertes sur... une salle de bal !

Depuis tout ce temps, il existait une salle de bal à Harksbury. Je constate à présent qu'elle occupe l'un des murs contigus à la cour. Elle a même deux portes. Comment ai-je pu ne jamais la remarquer ?

Les planchers brillent sous les lustres où scintillent les flammes, qui font ressortir l'éclat des diamants et du satin. Un orchestre occupe un coin de la salle et les danseurs un autre. Il y a une table si longue qu'elle va d'un mur à l'autre, couverte de nourriture. Une autre table, plus loin, regorge de boissons.

Des invités défilent devant moi, et la salle se remplit à un bon rythme.

Deux femmes passent, l'une me bouscule mais ne s'excuse pas. Elles paraissent accaparées par leur conversation.

– Il lui a versé cinq mille livres pour qu'elle puisse épouser M. Rallsmouth, vous savez.

– Le duc ?

– Oui. Apparemment, son père nourrissait de grandes ambitions pour elle. Il voulait que sa fille épouse un pair du royaume. Il a fallu une indiscutable persuasion financière pour le faire changer d'avis.

Quoi ? Alex a donné de l'argent au père d'Emily ?

Je ne vous dirai pas ce que j'ai dû faire, m'a-t-il rapporté. J'avais oublié cette petite phrase.

J'ignore ce que représentent cinq mille livres, probablement une petite fortune.

Je suis toujours dans le vestibule, un peu hébétée par la nouvelle, quand Emily me rejoint.

– Oh, Rebecca, tu es ravissante !

Je m'oblige à sourire mais je n'ai qu'une envie, fondre en larmes parce qu'elle m'a appelée Rebecca. Nous sommes devenues si proches. Nous avons traversé tant de choses. Elle devrait m'appeler Callie.

Si seulement je pouvais tout lui expliquer. Mais l'occasion ne s'y prête pas. Ce soir, c'est la fête. Je ne peux pas lui gâcher sa soirée. L'entendre dire ce prénom me donne l'impression que mes mensonges me reviennent en pleine face, cinglants. Je n'ai pas besoin de lui demander si elle m'a déjà menti, elle. Je connais la réponse. Ce n'est tout simplement pas son genre.

Elle fait une révérence et j'observe les détails de sa robe rouge foncé : l'ourlet festonné, les mancherons, le buste brodé, tout cela remarquablement mis en valeur par ses cheveux bruns aux reflets chatoyants. Ils sont relevés au-dessus de sa tête et tenus par une pince en écaille représentant un papillon. Emily tranche comme une note de couleur vive au milieu de la foule. Mais sa robe peine à rivaliser avec les étincelles qui brillent dans ses yeux. Elle est positivement radieuse.

– Merci, dis-je, et je m'incline à mon tour, alors que je préférerais la serrer dans mes bras.

– N'est-ce pas l'événement le plus grandiose que tu aies jamais vu ? Et tout cela en mon honneur. Sa Grâce a été très ennuyée de l'avancer, mais nous avons déjà obtenu notre dispense spéciale et souhaitons nous marier dans deux jours.

– Vous vous mariez dans *deux jours* ?

Elle hoche la tête.

– Oui, pourquoi attendre, nous le désirons tous deux si ardemment ?

– Cool. Euh, c'est merveilleux.

La salle de bal se remplit, mais toujours aucun signe de celui que j'ai le plus envie de voir. Celui qui en impose comme nul autre au milieu d'une assistance. Que fait-il ? C'est sa maison. Il doit bien se trouver sous ce toit, alors pourquoi n'est-il pas là ?

Ce soir, je l'embrasse. Il le faut. Je le veux. Je ne peux pas continuer à tout gâcher constamment et attendre que les choses s'améliorent comme par enchantement. Rebecca ne ferait jamais cela. Elle foncerait sûrement sur lui bille en tête pour lui dire qu'il lui plaît. Cette vieille Callie ? Elle se ratatinerait en espérant que tout le monde oublierait jusqu'à son existence.

Eh bien non. Je ne peux plus être cette personne. Alex me voit. Et je ne veux plus jamais être invisible.

– Si nous allions chercher quelque chose à manger ?

J'approuve de la tête et suis Emily vers l'assortiment de gourmandises sous lequel croulent les tables. Je ne demande même pas ce que c'est. J'attrape une assiette et quelques amuse-gueules et bats en retraite. J'ai pris l'habitude de manger des nourritures mystérieuses. Après m'être débarrassée de mes préjugés, j'ai découvert que c'était plutôt bon. Enfin, le plus souvent. Certains plats sont encore un peu rudimentaires à mon goût.

Je ne mange pas grand-chose : dès qu'Alex entre dans la salle, j'oublie que j'ai faim et manque faire tomber mon assiette. Un domestique serviable me la prend des mains.

Je le vois de profil, son long corps mince sobrement vêtu de noir et blanc : des chaussettes montantes, une culotte noire ajustée, une veste sombre, et une cravate blanche aussi bien amidonnée que d'habitude. Je le trouverais plutôt trop habillé, mais ma propre robe ne l'est pas moins. Ce soir, c'est approprié.

J'adorerais le voir en jean, tee-shirt et casquette de base-ball, mais l'élégance classique lui va bien.

Il scrute la salle tandis que les autres remarquent sa présence, mais avant qu'ils ne puissent fondre sur lui, ses yeux passent sur moi et s'y arrêtent. Ses lèvres esquissent un infime sourire et il vient droit vers moi, laissant dans son sillage une nuée de visages déçus.

– Comment je suis ? dis-je en chuchotant à Emily, incapable de détacher mon regard de lui assez longtemps pour vérifier.

Elle me serre la main.

– Tu es...

– Éblouissante, termine Alex en arrivant devant moi.

– Votre Grâce, dis-je pour la première fois avant de faire la révérence.

Il a l'air amusé que je me sois adressée à lui si cérémonieusement.

– Milady.

Il s'incline, plus profondément que je ne l'ai jamais vu faire.

Je me redresse et le regarde dans les yeux.

– Je croyais vous avoir entendu dire que je n'étais pas une lady.

– Je croyais vous avoir entendue dire que vous en étiez une.

Nous nous sourions, et la salle s'efface autour de moi.

– M'accorderez-vous la prochaine danse ?

Je hoche la tête.

– Merveilleux. Je reviendrai donc.

Sur ce, il me laisse avec Emily, et je sais enfin ce que c'est que la *pâmoison* tandis que je lui saisis le coude.

– J'ai cru qu'il allait t'enlever ici même sur la piste de danse, pouffe-t-elle.

– Emily !

– Qu'y a-t-il ?

Et je ne peux me retenir : je me mets à rire avec elle, jusqu'à ce que j'en aie mal aux côtes et puisse à peine respirer. Quelques invités nous dévisagent au passage, ce genre d'attitude est certainement mal vu, mais je m'aperçois que je m'en moque. Ça fait si longtemps que je n'ai pas eu une amie me permettant d'être moi-même. Ce qui est ironique, soit dit en passant, étant donné que je suis Rebecca, mais c'est malgré tout revigorant et exaltant, et nous continuons à rester là, à rire comme deux folles. C'est résolument contraire aux conventions de Victoria concernant les jeunes filles de bonne famille.

Je m'en fiche pas mal. Je suis moi. Que ce soit une personne qu'ils aiment ou qu'ils détestent, je suis celle que je suis, et c'est ça la vérité.

Est-ce que j'ai déjà eu autant confiance en moi ?

– Te sens-tu bien ? me demande Emily une fois son hilarité retombée.

– Oui, dis-je. Je...

Je me tais pour respirer profondément.

– Je me sens... mieux que bien.

Je regarde autour de moi la somptueuse salle de bal étincelante, et mes yeux reviennent vers le visage souriant d'Emily.

– Je me sens parfaite.

30

– Denworth vient dans notre direction, dit soudain Emily une fraction de seconde plus tard.

– Quoi ? Où ?

Emily montre discrètement du menton le vieux monsieur qui s'approche de nous et j'en ai presque la nausée. Il est plus petit que je ne l'avais imaginé, et plutôt sec sous sa redingote rouge. Ses cheveux poivre et sel lui donnent je ne sais quelle allure aristocratique et noble. Puis je remarque son visage.

Mon Dieu, il a l'air...

Tout sourire ? C'est impossible.

Je murmure à l'oreille d'Emily :

– Qu'est-ce qu'on fait ?

Mais elle n'a pas le temps de répondre. Il est à deux mètres de nous. Un mètre.

– Milord, dit Emily en faisant la révérence.

Je parviens à marmonner la même chose et à l'imiter.

– Merci d'être venu ce soir me présenter vos vœux. Je sais combien cela doit vous être difficile.

J'étudie son visage. Il est plus âgé, c'est indéniable. Il pourrait être mon père. Mais il a une étincelle de gentillesse dans les yeux. Face à lui, je ne me sens pas terrifiée ou intimidée comme je m'y serais attendue.

– En effet, il n'est certes pas facile de renoncer à une charmante et ravissante jeune lady. Je vous souhaite tout le bonheur du monde.

Je déglutis avec effort.

Il est gentil. C'est aussi simple que ça. J'étais complètement à côté de la plaque avec la caricature que je m'étais représentée. Il a sincèrement envie qu'Emily soit heureuse, même si c'est lui qui se retrouve pénalisé.

Emily mérite malgré tout, bien sûr, de choisir son mari, mais manifestement Alex n'essayait pas de l'obliger à épouser un vieux grigou.

Il le savait, ça va de soi. Si Denworth est un membre de la « société mondaine » fréquentée par Alex, ils ont déjà dû se rencontrer. Et il savait que c'était un type bien.

Ce qui explique beaucoup de choses.

– Merci, murmure-t-elle. J'espère que vous passerez une bonne soirée.

– Vous de même, dit-il.

Puis il nous salue d'un signe de tête et s'éloigne.

Je le regarde partir, muette. Emily n'aurait pas vécu un calvaire monstrueux, avec lui. Aurait-elle été amoureuse ? Peu probable. Mais il n'est pas celui pour lequel je le prenais. Loin de là.

– Il n'a pas l'air bouleversé par la rupture de vos fiançailles, dis-je enfin après un long silence.

– Non, en effet.

Emily sourit, plus pour elle-même que pour moi.

– J'ai été surprise qu'il vienne, mais je pense qu'il entend ainsi couper court aux rumeurs. En donnant son aval, il laisse entendre que la décision de nous désunir était réciproque.

– Oh, ça se tient.

Elle hoche la tête.

– Et le voilà assurément revenu sur le marché des célibataires.

Je souris. J'espère qu'il trouvera quelqu'un qui le rendra heureux. Il le mérite, apparemment.

Avant que je puisse y songer davantage, la musique change, et je suis paralysée par un trac horrible. Je n'ai même pas encore commencé à chercher Alex qu'il est déjà à mon coude, en train de me conduire vers la piste. La foule s'écarte sur notre passage. Je suis réellement Cendrillon, ce soir, et je m'apprête à danser avec mon prince.

Nous prenons place, et je m'aperçois que c'est Victoria qui mène la danse, en tête de la formation. Elle est rayonnante. Ça l'éclate, de recevoir toute la haute société locale. Je ne l'ai jamais vue afficher un sourire pareil.

Enfin, chacun son trip.

Dès l'exemple montré, Alex s'incline devant moi et je fais la révérence, et c'est parti. Nous posons nos paumes l'une contre l'autre et décrivons un petit cercle. Je sens ses yeux sur moi, intenses. Son regard me réchauffe les joues.

De retour à notre point de départ, je laisse tomber ma main et tourne dans la direction opposée, et le mouvement se répète, paumes contre paumes. Comme je regrette les gants entre nous. Comme je regrette de ne pas pouvoir le prendre par le cou et danser simplement la joue contre son épaule, comme je le ferais au XXIe siècle. Du moins, si j'avais le cran.

Puis nous nous écartons et tournoyons dos à dos autour d'un autre couple. Je virevolte deux fois, mes jupes flottent autour de moi. Je reviens vers lui, sur la pointe des pieds, recule en m'inclinant, et reviens sur la pointe des pieds.

Il ne me quitte pas des yeux. Il est assez grand pour voir par-dessus la tête de la plupart des invités, mais tandis que nous pirouettons et virevoltons et saluons et nous inclinons, pas un instant il ne cesse de me regarder. Au lieu d'être gauche et empotée, je me sens gonflée d'une assurance aussi inattendue qu'incroyable. Je suis sous perfusion d'adrénaline et d'énergie. Elles circulent dans mes bras et dans mes jambes, et j'ai envie de lui prendre la main, de rassembler mes jupes et de l'entraîner loin de la foule. Mais ce serait incorrect, alors on se borne à danser.

À chaque mouvement, mon sourire s'accentue. Ce doit être cela qu'a ressenti Emily à la précédente réception. C'était la raison de sa béatitude. Et pourtant, mon cerveau ne cesse de batailler contre mes émotions, il m'ordonne de lui révéler qui je suis, de lui balancer toute la vérité. Je sais que l'heure tourne. Je sais qu'à tout moment, je peux être arrachée à tout cela... encore un détail qui me rapproche de Cendrillon.

Chaque fois que la danse nous réunit, chaque fois qu'il me regarde, j'essaie de le lui dire. J'essaie de dire « Je ne suis pas Rebecca », j'essaie de dire que je dois lui parler en privé. Mais les mots n'arrivent pas à sortir.

La musique s'arrête, l'orchestre en attaque une autre. La danse change. Mais nous ne quittons pas la piste. Nous dansons sur trois morceaux. Ce qui doit représenter au moins une heure de danse. Je renonce à l'idée de lui parler ce soir. Ça peut attendre. Ça a attendu trente jours. Nous ne sommes plus à quelques heures près. J'irai le trouver demain matin, avant l'arrivée de Rebecca. Je lui expliquerai tout.

C'est seulement lorsque je suis complètement hors d'haleine et étourdie – la faute au corset, sûrement – que je dois faire une révérence et arrêter de danser. Alex essaie de me suivre, mais il est rapidement assailli par une ribambelle de filles en robes élégantes et bijoux massifs. Je ne peux m'empêcher de sourire en coin en voyant sa tête. Je commence à me dire qu'il n'a aucune envie d'être un duc, même s'il ne l'avoue pas.

J'entends chuchoter sur mon passage pendant que je quitte la piste de danse. Tous les yeux sont tournés vers moi. J'ai besoin de respirer, aussi je quitte la salle et me rends dans le jardin, où prennent le frais plusieurs dames. Emily se trouve parmi elles.

– Je commençais à croire que vous alliez tout simplement continuer à danser jusqu'au départ du dernier invité.

Je ris.

– J'ai eu besoin de reprendre mon souffle.

– Nul doute que le reste des demoiselles t'en sont reconnaissantes.

– Nous nous sommes donc fait remarquer ?

– Si le plafond lui était tombé sur la tête, Sa Grâce ne s'en serait même pas aperçu.

Je devrais être gênée, je le sais, mais je ne peux que continuer à sourire.

– C'était pure politesse de sa part.

– Une seule danse aurait suffi. Trois signifient qu'il s'est pris d'intérêt. Les langues vont aller bon train. Ma chère, tu viens tout simplement de devenir la reine du bal.

– Oh, Emily, je ne voulais pas te ravir le titre...

Elle s'esclaffe.

– Allons donc. C'est à toi que je dois mes fiançailles. Tu peux attirer toute l'attention que tu veux.

Je lui souris et essaie de ne pas relever qu'elle a dit la vérité : les gens nous regardent.

Je suis sous les feux de la rampe à la place d'Emily et ça ne la dérange pas. Elle est trop, trop mimi. Elle est tout simplement quelqu'un de bien.

Il faut que je lui parle. Il faut que je lui fasse comprendre que, quoi qu'il arrive demain, elle est pour moi une authentique amie.

– Emily... je... je voulais te faire mes adieux.

Elle me considère d'un air stupéfait.

– Je sais que mon mariage s'est précipité, mais il nous reste deux jours...

– Je sais... c'est juste... tout va bientôt changer. Et je veux que tu saches une chose : qu'importe ce que tu deviens, ou moi, j'ai passé un mois génial avec toi. Tu es une véritable amie. Et j'apprécie tout le soutien que tu m'as apporté. Tu vas horriblement me manquer.

Elle sourit, les yeux brillants, et me serre dans ses bras.

– Je ressens la même chose pour toi, Rebecca.

Ça me fait l'effet d'un coup de poignard dans le cœur. J'aimerais tant lui dire la vérité. Si seulement je pouvais lui expliquer que je ne suis pas Rebecca... Mais cela gâcherait cette soirée qui est la sienne. Alors je ravale les mots et hoche juste la tête en luttant contre les larmes qui menacent de jaillir.

– On y retourne ?

Je ne veux pas rater le reste de la fête. Je ne veux pas rater une seule danse. Emily opine et nous regagnons la salle de bal bras dessus bras dessous.

C'est alors que j'entends le cri collectif qui frémit parmi les invités. La musique s'arrête et le silence s'établit.

– Seigneur ! s'écrie quelqu'un.

– Qui est-ce ? demande quelqu'un d'autre.

Je me fige sur le seuil, pétrifiée.

Mon Dieu. Il ne peut s'agir que d'une chose.

Une seule raison peut plonger les invités dans une telle stupeur.

Rebecca.

Elle est ici.

31

Je m'élance à la vitesse de l'éclair, je sens à peine le sol sous mes pieds. Je ne sais pas si je dois fuir Harksbury ou foncer dans le tas et tenter de me justifier.

C'est terminé. Tout est terminé. Alex va tout savoir. Emily, ma seule vraie amie depuis un an, va me détester. Victoria va voir qu'elle avait raison de me snober.

Je m'arrête en me rendant compte que personne ne s'intéresse à moi.

Pourtant, s'ils savaient que je suis une usurpatrice...

Qu'est-ce qu'ils regardent ?

Ils s'agglutinent autour de l'endroit où se trouvaient les danseurs.

– Comment va-t-elle ? demande une femme.

– Elle s'est écroulée, répond-on.

Je prends le type le plus proche de moi par l'épaule et le fais pivoter.

– Que se passe-t-il ?

– Sa Grâce est tombée.

– Sa… Victoria ?

L'homme fait « oui » de la tête.

Je le bouscule pour passer, ainsi que trois jeunes filles en robes vaporeuses, et je me fraye un chemin à travers la foule en jouant des coudes.

– Excusez-moi !

Je dois pousser, et fort, pour faire reculer un des hommes.

Alex est à genoux à côté d'elle, je ne vois que l'ourlet de sa robe et la pointe de ses chaussures. Elle est allongée sur le dos.

Oh, mon Dieu, mon Dieu, mon Dieu ! C'est mauvais signe.

– Que s'est-il passé ?

Je tombe par terre à côté de lui et prends le poignet de Victoria pour essayer de sentir son pouls. Rien. Non, non, non ! Est-elle morte ?

– Elle dansait quand elle a dit qu'elle avait besoin de s'asseoir, me dit Alex. Elle s'est plainte d'une douleur dans la poitrine. Elle s'est effondrée avant d'atteindre la chaise.

Je me penche au-dessus d'elle, mon oreille à côté de ses lèvres, mais je n'entends que le silence et ne perçois aucun souffle. Elle ne respire plus.

– Se tenait-elle le bras, ou crispait-elle la main ? Sa main gauche ?

– Quoi ?

– Répondez-moi.

– Je… oui. Que faites-vous ?

J'ai commencé la réanimation cardio-pulmonaire. Et si ça ne marchait pas à travers le corset ? Il est tellement difficile de savoir si je suis au bon endroit du sternum. Oh, mon Dieu, faites que j'y arrive. Sinon, si elle ne reprend pas connaissance...

– Un-et-deux-et-trois-et...

Alex m'écarte durement de sa mère et je tombe en arrière sur les fesses. Je me rattrape juste avant de me cogner la tête par terre. Mes coudes se heurtent au parquet et une douleur vive me vrille les bras.

– Vous la tuez ! gronde-t-il.

J'avale ma salive, lentement.

– Elle ne respire plus, Alex, dis-je, sachant que je ne suis pas censée l'appeler ainsi devant les invités. Elle est déjà morte. Laissez-moi faire. Je peux la sauver.

Complètement hagard, il reste un moment au-dessus d'elle, comme s'il avait l'intention de la protéger contre une force extérieure pendant que la vie s'évanouit lentement à l'intérieur.

Chaque seconde est cruciale. Il ne se rend pas compte. Elle est allongée là, en train de mourir, et il m'empêche de faire la seule chose qui pourrait être utile.

Avec une lenteur atroce, il se rassoit sur ses talons. Je n'attends pas qu'il m'en donne l'autorisation, je m'élance et reprends le massage cardiaque.

Je presse mes lèvres contre celles de Victoria, et la foule autour de moi se met à murmurer. Ils doivent trouver que c'est totalement fou et choquant. À quelle époque remonte l'invention de la réanimation cardio-pulmonaire ? À l'évidence, ils n'ont jamais rien vu de pareil.

Ils me prennent sûrement pour une malade mentale.

Mais je m'en fiche. Elle ne peut pas mourir. Pas comme ça. Pas maintenant.

Je lui fais deux insufflations, et reprends les compressions en psalmodiant :

– Un-et-deux-et-trois-et-quatre-et-cinq.

Je me concentre sur les chiffres, sur le rythme, et je m'applique à faire abstraction du reste.

C'est trop injuste. Toute sa vie, elle s'est fait avoir. Son mari la trompait, et quand elle a réalisé qu'elle l'aimait, il est mort. Et maintenant, elle vit en solitaire sans rien d'autre à quoi se raccrocher que sa précieuse étiquette.

Elle ne peut pas mourir ainsi.

Deux nouvelles insufflations.

Encore cinq compressions.

Elle est si pâle. Et si je m'y prenais mal ? J'ai appris ça l'an dernier seulement, et on le faisait sur des mannequins.

Deux insufflations.

Cinq compressions.

Est-ce que je viens de voir ses paupières battre ?

Non, c'est la lueur des chandelles. Des ombres.

Mon Dieu, par pitié, faites qu'elle ne meure pas ! Ce n'est pas possible. Elle ne peut pas disparaître de cette manière.

Deux insufflations.

Cinq compressions.

Mes poumons n'en peuvent plus. Je lui insuffle tout mon air. À moins que je ne retienne ma respiration. Je commence à avoir la tête qui tourne à force de lui marteler la poitrine.

– Un-et-deux-et...

À cet instant, elle bouge. Ses doigts remuent. Elle pousse un gémissement et je me recule, en observant ses yeux rouler sous ses paupières.

Puis ils s'ouvrent. Dans le vague. Elle fixe le plafond, les lustres, et cligne des yeux plusieurs fois.

– Mère ?

La voix d'Alex se brise, comme s'il avait la gorge aussi serrée que la mienne.

Elle est vivante. Je lui ai sauvé la vie.

Je ne me rends compte que je pleure qu'en sentant les larmes couler le long de mes joues et tomber à terre.

Elle est vivante, Dieu merci, elle est vivante.

– Quoi ? dit-elle dans un coassement rauque.

– Chut, murmure Alex en lui tenant la main. Vous êtes tombée. Je vous ai crue partie mais... Rebecca vous a sauvé la vie.

Rebecca. Bien sûr, Rebecca. Pourquoi suis-je surprise et blessée chaque fois que je les entends m'appeler ainsi ?

Victoria se tourne vers moi, et son regard pénètre jusqu'au fond de mon cœur.

– Merci, chuchote-t-elle.

Je fais un signe de tête et me lève, en proie à un mélange d'exaltation et de... nervosité. D'angoisse ? Là, pendant que je la regarde, tout d'un coup j'encaisse le choc.

Je l'ai ramenée à la vie. J'ai accompli ça.

Je réalise que je marche à reculons. Je suis complètement oppressée. J'ai besoin de m'éloigner, de prendre l'air.

Je m'enfuis de la salle de bal et me dirige vers ma chambre.

32

Les heures passent. J'écoute la maison redevenir silencieuse, jusqu'à ce que je sois certaine d'être la seule personne réveillée.

J'ai sauvé la vie de Victoria. Dans le feu de l'action, j'étais complètement stressée, mais à présent je ne ressens plus qu'une sensation de paix.

Je l'avais à peine rencontrée que je la détestais et pourtant, en la voyant allongée là, mourante, je n'avais qu'un désir, c'était qu'elle revienne à la vie et me gronde pour avoir mis mon coude sur la table. Peut-être ne l'ai-je jamais véritablement comprise, mais je sais que c'est une femme bien. Et son heure n'était pas venue.

Malgré tout, malgré le caractère dramatique de l'expérience, ce n'est pas à elle que je pense en ce moment. C'est à Alex.

À quelques heures de l'arrivée de Rebecca, j'ai enfin admis la vérité : je suis amoureuse de lui.

Comment cela a pu se produire ? Je venais juste de comprendre que je ne le détestais pas, et maintenant c'est carrément l'amour fou ? Pour un type qui va sûrement me haïr quand il découvrira mon imposture ? Moi qui ai fait croire à toute une famille que j'étais une autre simplement pour avoir un toit au-dessus de ma tête ?

Je m'extrais du lourd édredon et me dirige vers l'armoire. Je sais exactement où chercher et, quelques instants plus tard, je sors mon jean et mon tee-shirt.

Ces vêtements me paraissent bizarres. Étrangers. Agréables et décontractés, et pourtant, ce n'est pas moi. Comment puis-je être la fille qui porte cela ? Moi je suis celle qui danse et rit et fait la coquette en robe de bal.

Je sors mes Prada et les enfile en attachant précautionneusement les boucles.

Par quel miracle ces chaussures sont-elles devenues si confortables ? Il y a un mois, c'était une torture de marcher avec. Et maintenant j'ai l'impression qu'elles ont été moulées pour mon pied. Comme si j'y étais à ma place. Ou peut-être sont-elles à leur place.

Je prends la bougie qui a brûlé toute la nuit et n'est plus qu'un magma de cire. Je me faufile dans le couloir et me dirige vers l'escalier d'honneur. La flamme projette des ombres allongées partout où je passe. C'est surnaturel, on se croirait dans la maison hantée à Disneyland. Tout juste si je ne m'attends pas à voir surgir un fantôme.

Je descends les marches, traverse l'imposant vestibule et quitte rapidement la maison. Je pose la bougie sur le perron et franchis l'allée, jusqu'à ce que je voie une petite étendue d'herbe. La lune est si lumineuse qu'elle éclaire le jardin.

Je m'allonge sur l'herbe pour contempler les étoiles. Il y en a des millions, qui brillent et scintillent dans le ciel d'un bleu de velours. Je n'observe plus très souvent les étoiles, mais je parie qu'elles n'ont pas grand-chose à voir avec celles du XXIe siècle. Ici, j'ai l'impression que je n'aurais qu'à tendre la main pour en attraper une poignée.

La porte de Harksbury s'ouvre et je me redresse, pensant voir un domestique venir me demander si j'ai perdu la tête. Mais non.

C'est Alex. Debout à l'entrée de la maison, il me scrute. Il ne porte pas de redingote ni de cravate, juste une chemise blanche desserrée au col. Je ne l'ai jamais vu aussi négligemment vêtu. Pendant longtemps, nous nous regardons. Une barrière invisible est dressée entre nous, et je doute qu'il la brise.

Erreur.

– Puis-je me joindre à vous ?

– Je vous en prie.

J'englobe la pelouse d'un geste auguste, très Scarlett Johansson, et il vient s'asseoir à côté de moi. Un instant, je crois qu'il va dire quelque chose au sujet de ma tenue. Il m'observe longuement, les lèvres légèrement entrouvertes, mais il les referme sans rien dire. Il a fini par comprendre que je fais toujours ce à quoi on ne s'attend pas.

Je me rallonge et admire les cieux.

– Mettez-vous sur le dos, c'est magnifique, dis-je. Enfin, c'est-à-dire, si c'est convenable.

Je me maudis intérieurement de lui rappeler l'étiquette, car nous savons tous les deux que ça n'entre pas dans la catégorie des *Choses qu'un duc peut faire avec une fille à laquelle il n'est pas marié*.

Il esquisse un sourire, ses lèvres parfaites s'ourlent d'un côté, mais il fait ce que je dis et s'allonge à côté de moi. Dès que son bras me frôle, mon cœur se met à battre trois fois plus vite. Ses doigts trouvent les miens et s'y entrelacent, et nous voilà tous les deux main dans la main en train d'admirer les étoiles. Je résiste à l'envie de regarder nos mains pour vérifier si ce moment est réel. Je ferme les yeux et m'abandonne à la sensation de sa peau nue contre la mienne pour la première fois. Il effleure mon doigt avec son pouce, décrivant de petits cercles qui me chatouillent la peau et me donnent la chair de poule. Je n'arrive pas à le croire, après toutes ces occasions et toutes ces paires de gants, enfin, il n'y a plus que *lui*.

– Avez-vous passé une bonne soirée ?

J'ouvre les paupières.

– Oui, dis-je dans un murmure à peine audible.

J'ai si peur de rompre le charme, cet instant est trop parfait.

– Vous étiez ravissante, dit-il.

Je souris.

– Vous aussi, dis-je avant de corriger avec une grimace : enfin je veux dire, très séduisant.

Un court silence s'installe, et je pense à un million de moyens différents d'entamer une conversation destinée à lui révéler toute l'histoire. Ce qu'il sait sur moi n'est qu'un tissu de mensonges.

Il faut que je lui avoue la vérité. Je ne pourrai pas supporter l'expression de trahison sur son visage à l'arrivée de Rebecca. Je sais qu'en lui parlant je le perdrai aussi, et plus vite qu'en attendant l'accomplissement du destin, mais tant pis. Il a toujours mis un point d'honneur à se conduire en parfait gentleman. De quel droit puis-je continuer cette mascarade ? Il mérite tellement mieux.

Tout à trac, je me jette à l'eau :

– Je ne m'appelle pas Rebecca.

Je regarde le ciel comme si je comptais toutes les étoiles et ne pouvais en détacher les yeux, alors qu'en fait je ne vois rien du tout.

Sa main cesse de remuer et le silence me frappe avec la brutalité d'une enclume.

Il se tourne vers moi. Et lorsque je me tourne aussi vers lui, nos visages sont si proches que nos nez se touchent presque. J'ai peur de respirer.

– Qui êtes-vous ?

Je ferme les yeux. C'est trop intense. Je ne peux pas le regarder. Il n'a sûrement jamais menti de sa vie. Il ne comprendra pas.

– Je m'appelle Callie. Je suis américaine, mais c'est probablement mon seul point commun avec Rebecca. J'étais perdue le jour où je suis arrivée ici, c'est une longue histoire. Je ne connaissais personne. Puis Emily a surgi et m'a appelée Rebecca et m'a invitée à entrer. Du coup, j'ai suivi le mouvement. Sauf que Rebecca arrive demain et que tout le monde va découvrir la supercherie.

J'ai toujours les yeux soigneusement fermés. Je ne peux pas le regarder. J'ai peur de ce que je vais lire dans son regard, peur de ce qu'il va dire, peur qu'il me déteste.

– Ouvrez les yeux.

Impossible.

– Callie, dit-il.

J'obéis. Je suis inondée de soulagement en constatant qu'il n'a pas l'air en colère.

– Redites-le ?

– Callie, répète-t-il avec un sourire en coin. J'ai su que vous n'étiez pas Rebecca dès l'instant où je vous ai vue.

Cette fois, j'écarquille les yeux.

– Quoi ? Comment ?

Je revois soudain notre rencontre dans la salle à manger. Le moment où il m'a regardée et a détourné les yeux, et où j'ai cru qu'il avait compris. Et quand il m'a saluée et est allé s'asseoir à sa place, le soulagement que j'ai éprouvé en me disant qu'il ne m'avait pas démasquée.

Mais si. Tout ce temps, il savait. C'est pour cela qu'il m'observait bizarrement. C'est pour cela qu'il se montrait si distant avec moi.

– Elle a les yeux bruns. Les vôtres sont bleus. Elle a aussi des fossettes. Emily ne s'en souvient peut-être plus, car elle était très jeune la dernière fois qu'elle a vu Rebecca. Mais moi si. J'avais un petit faible pour la jeune Rebecca. J'ai su immédiatement que vous n'étiez pas elle.

– Mais vous n'avez rien dit !

Il m'adresse un sourire en coin.

– Pour être honnête, j'étais intrigué. J'avais l'intention de vous interroger en privé afin de n'alarmer ni ma mère ni Emily. Mais très vite, j'ai constaté le changement qu'a produit votre venue chez ma cousine. La perspective de son mariage l'avait considérablement abattue. Je reconnais que je n'avais pas l'intention de m'opposer à ses fiançailles, mais je ne pouvais tout de même pas la priver de la gaieté que vous lui apportiez. Sans doute était-ce un moyen de soulager la culpabilité que je ressentais du fait de ne pas plaider en sa faveur. Du reste, cela mis à part, vous ne sembliez causer aucun préjudice.

Il sourit en prononçant ces mots, car manifestement j'ai commis bien plus de bêtises qu'il ne s'y attendait.

– Vous voulez dire que depuis tout ce temps, je stresse à l'idée que vous allez me détester alors que vous *saviez* ?

Son sourire devient penaud, ma parole. Quelque chose qui ressemblerait même à de l'embarras se peint sur son visage.

– Oui.

Je grogne.

– Je suppose que je l'ai bien mérité.

Je me tourne à nouveau vers le ciel et, pour la première fois, je suis gonflée d'une étrange sérénité. J'ai envie de rester ici. Je sais maintenant, sans l'ombre d'un doute, que j'ai envie de rester. Cette confusion des sentiments est remplacée par autre chose : la peur. La peur de ne pas vraiment avoir le choix.

Son pouce reprend ses cercles sur ma main.

– Qu'allez-vous faire à présent ?

– Je ne... je ne sais pas. Je veux dire, je suis perdue à tel point que je n'arrive pas à trouver le moyen de rentrer chez moi. Cela vous paraît peut-être singulier, mais c'est la vérité.

– Vous pouvez rester ici. Aussi longtemps que vous en aurez besoin.

Je lui presse la main.

– Merci. Je ne sais pas si je dois accepter, cependant. Ma place est ailleurs, et un jour viendra je pense où il me faudra repartir. Quand je... le *devrai*. Et je ne voudrais pas vous... je ne veux pas que vous mettiez quoi que ce soit entre parenthèses à cause de moi.

Je suis stupéfaite de ce que je viens de dire. Je n'arrive pas à le croire : j'ai sous-entendu qu'il puisse avoir un béguin pour moi au point de négliger les autres filles et son devoir de trouver une épouse. *Une duchesse pour Harksbury.*

– Je ne souhaite pas que vous partiez si tel n'est pas votre désir.

Je hoche la tête et ravale la boule énorme restée en

travers de ma gorge. Je ne sais pas s'il est aussi raide dingue de moi que moi de lui, mais il tient à moi. Et ça me fait du bien.

– Merci.

On se tourne de nouveau vers le ciel et je me rapproche de lui. Je me sens bizarre, dans mon jean et mon tee-shirt, alors qu'il est habillé comme il l'est d'habitude. Cela rend douloureusement flagrant que nous venons de deux mondes différents. Des mondes qui ne se côtoieront jamais. Des mondes beaucoup trop éloignés.

Je me tourne de son côté, et ma joue repose sur l'herbe fraîche. Lorsqu'il me regarde, ses yeux se confondent avec les brins d'herbe et je ne vois qu'une mer d'un vert intense.

Et là, je le fais. Je m'approche un peu plus, je ferme les yeux, et *je l'embrasse*. Ses lèvres sont aussi douces et aussi charnues qu'avant, mais cette fois je les savoure, car mon esprit n'est pas en ébullition comme lors du précédent baiser. Je me laisse aller et profite, tandis qu'il se plaque contre moi.

C'est parfait. C'est exactement ce dont je rêvais, et mieux encore.

Puis on s'éloigne, et je rouvre les paupières.

Il déplace son bras de façon à l'enrouler autour de mes épaules, et ça me fait un endroit où poser ma tête, alors je me blottis contre lui et referme les yeux, et le lourd pouvoir d'attraction du sommeil me berce et m'apaise.

33

J'ai dû m'endormir sur un rocher. Il s'enfonce dans mon omoplate. Je me recroqueville en me retournant, mais soudain je me fige.

Ce n'est pas juste un rocher. C'est une masse géante. Du béton, en fait.

Hébétée, je réalise ce que cela signifie. Ce ne peut pas... J'entrouvre une paupière, et aussitôt, je m'assieds et promène mon regard autour de moi. Je ne vois que des voitures. Des gens en jean. Des panneaux de signalisation. Je sens les gaz d'échappement, j'entends des radios crépiter dans les taxis qui défilent.

Je ferme les yeux pendant au moins dix secondes avant de les rouvrir, mais « il » est toujours là.

Le XXIe siècle.

Malgré moi, mon visage se décompose. Je suis revenue. Juste au moment où je comprenais que je n'en avais aucune envie, je suis revenue. Mes sacs de courses sont éparpillés autour de moi. Je suis en jean et tee-shirt. Et en Prada.

Je jette un coup d'œil derrière moi et constate que la boutique Prada est toujours quelques mètres en arrière, là où je l'ai laissée. Je suis assise à l'endroit précis où j'ai trébuché.

Je ne suis jamais allée nulle part.

Je reste immobile quelques instants, et peu à peu le mal de tête qui me martèle les tempes s'estompe.

Alex. Emily. Et même Victoria.

Tout cet univers n'était que pure fiction. Une invention de mon cerveau commotionné. Ce qui signifie que le baiser... oh non, j'ai tout imaginé ! Absolument tout, dans les moindres détails !

Je veux me rallonger, fermer les yeux et y retourner. Je veux une soupe infecte et des corsets baleinés et des matelas cabossés. Je donnerais tout pour revoir Alex. Pour assister au mariage d'Emily.

Un passant bute contre ma jambe et a le culot de me fusiller du regard, alors qu'en fait, c'est quand même lui qui vient de me shooter dans le tibia.

Pas de doute, je suis bel et bien revenue au XXIe siècle.

Je me relève tant bien que mal et époussette mon jean, puis je me penche pour ramasser mes sacs. C'est là que je les remarque.

Mes Prada. Mes magnifiques chaussures à talons tout abîmées. Je vérifie dans mon dos. Oui, la boutique Prada est toujours là. J'ai fait quatre pas au maximum depuis la porte. Impossible de les avoir autant usées. Elles sont éraflées, cabossées et couvertes de griffures.

Je réunis le reste de mes sacs avec un grand sourire. Ce n'était pas le fruit de mon imagination. Ce n'était pas un rêve ou je ne sais quelle divagation.

C'est arrivé. Aussi sûrement que la boue sur les talons, c'est arrivé. Il y a même une entaille à l'endroit où la porte d'entrée de Harksbury a rebondi, sur la pointe.

Je ne sais comment ni pourquoi, mais j'ai été là-bas. J'ai dansé avec Alex et j'ai aidé Emily. J'ai joué du piano devant un duc et une duchesse, et j'ai mangé plus d'animaux exotiques que je ne l'aurais jamais souhaité.

C'est arrivé. Je n'y comprends rien. Je sais seulement que les semaines écoulées étaient réelles, et que ça a été les meilleures de ma vie.

Je mets les sacs sur mon épaule et retourne vers l'hôtel presque en gambadant. Quoi qu'il puisse arriver maintenant, quoi qu'il puisse arriver *jusqu'à la fin de ma vie*, je possède quelque chose que personne d'autre n'aura jamais. J'ai vécu une aventure à faire pâlir d'envie Indiana Jones. Un mois de folie que nul ne pourra jamais connaître.

Sur le chemin de l'hôtel, je me sens étrangement déplacée, et à la fois chez moi. Une horloge sonne quelque part au loin. Je me demande si c'est Big Ben.

Quelle heure peut-il être ?

– Excusez-moi, dis-je à la première dame que je croise.

Elle porte une robe bain de soleil si criarde que j'en suis éblouie.

– Quelle heure est-il ?

– Trois heures moins dix.

Je la remercie et repars. Trois heures moins dix. Je ne suis pas restée inconsciente longtemps. Probablement même pas une minute entière. J'examine une nouvelle fois mes chaussures, juste pour être sûre qu'elles sont toujours aussi éraflées. Je les adore. J'adore chaque égratignure, chaque trace, chaque marque. Elles sont parfaites.

Je marche d'un pas assuré, parfaitement à l'aise dans mes Prada. Comme si c'étaient des baskets et non des talons de huit centimètres.

Alex me manque.

Je me demande s'il se souvient de moi. Si du temps s'est écoulé depuis... et s'il était arrivé la même chose là-bas ? Et si le mois tout entier recommençait ?

Non, je ne puis le croire. Si je me souviens de lui, il doit se souvenir de moi. Emily doit s'apprêter à épouser Trent. Victoria doit être aussi grincheuse que d'habitude. Il est tout simplement impensable qu'ils aient pu tous me marquer autant et ne même pas se souvenir de moi. J'étais là-bas. Je le sais.

J'aperçois l'hôtel pendant que je suis encore en train de cogiter, et je ralentis. Mme Bentley pourrait être dans les parages. Pas la peine que je me fasse surprendre, en plus du reste.

Je me glisse par une porte de service en utilisant la carte-clé de ma chambre et monte deux volées de marches tapissées d'une moquette qui amortit mes pas.

Rien à voir avec le grand escalier en marbre de Harksbury.

Une fois à l'intérieur de la chambre 312, je laisse tomber tous mes sacs et vais droit à la salle de bains.

Ô le divin confort d'une douche... Je me demande si on peut être à court d'eau chaude dans un hôtel.

Je crois que je ne vais pas tarder à le savoir.

Assise dans un fauteuil sur le balcon, je regarde la circulation dans la rue, en bas, quand j'entends frapper. Le bruit résonne dans la chambre. Je contemple la porte, clouée sur place. J'ai l'espoir fou et insensé que ce soit Alex, même si c'est totalement irrationnel.

Je ne peux pas me consoler de l'avoir perdu en un battement de paupières. Je m'endors contre lui et à mon réveil, il a disparu. J'ai perdu un mois à le prendre pour un ignoble personnage, et au moment où je réalise que c'est un type super, plus personne.

Je quitte le balcon et réussis à m'emberlificoter dans les voilages doucement agités par la brise. Quand j'arrive à la porte, on a frappé une deuxième fois.

J'ouvre et mes espoirs s'effondrent. C'est Mindy. Elle porte le même jean et le même débardeur rose que le jour où je suis partie. Le même débardeur que *ce matin*.

– Salut.

– Ah, salut, dis-je, une main sur la porte.

– Dis, euh...

Elle a l'air nerveuse, est-ce possible ?

– Angie, Summer et moi, on fait le mur pour aller en boîte ce soir. Alors, euh, on se demandait si tu voulais venir aussi, propose-t-elle en fixant la moquette.

Je ne le crois pas. Elle *est* nerveuse. Depuis le début, je m'imagine qu'elle m'ignore parce que je lui fais honte. Ne me dites pas qu'en fait elle serait tout simplement timide, elle aussi ?

Il faut croire qu'on a plus de choses en commun que je ne le pensais.

Je reste là, à la dévisager.

– Je voulais te le proposer tout à l'heure, quand on s'est croisées aux toilettes, mais tu es partie comme une fusée.

– Oh. Euh...

Je réfléchis une minute. Pour être honnête, dîner dans ma chambre et sombrer dans le sommeil me tente terriblement. Avec éventuellement en bonus un pot de Ben & Jerry's pour noyer mon chagrin.

Comment est-ce qu'il a pu disparaître en un claquement de doigts ? C'est la première fois de ma vie que j'ai l'impression de tomber amoureuse... et nous voilà à presque deux cents ans d'écart. Ça, c'est de la relation à distance.

– Euh, je ne sais pas trop.

– Allez, viens. Tu ne retrouveras plus jamais une occasion pareille !

Elle n'a pas tort. Une boîte de nuit à Londres. La variante dépoussiérée du bal de Harksbury. Et si je n'y vais pas, ce voyage terminé je rentrerai chez moi. Sans amies. Après un mois en compagnie d'Emily, je ne pourrais pas le supporter. Voilà l'occasion ou jamais de changer la donne.

Dès ce soir.

– OK, d'accord.

Mindy sourit.

– Génial. On se prépare toutes chez moi si tu veux nous rejoindre. Chambre 315.

Je ne lui dis pas que je le sais déjà.

– OK. Je rassemble quelques affaires, je suis là dans deux minutes.

Mindy repart sans me laisser le temps de changer d'avis, en rasant les murs comme un agent secret. J'avais presque oublié qu'on était censées la jouer profil bas sur ce coup.

Je prends mes sacs à côté de la porte, où ils sont toujours depuis que je les y ai jetés il y a quatre heures. Je les vide sur mon lit et les inspecte. Pull à capuche près du corps, tee-shirts, bustiers.

Je choisis un minuscule haut sans manches avec un peu de dentelle au col, il ira très bien avec mon jean propre. Je n'ai même pas à me demander quelles chaussures je vais porter. Les Prada, ça va de soi. Je prends ma trousse de maquillage et mon fer à friser, bien qu'ils me paraissent incongrus entre mes mains, et je sors dans le couloir, pieds nus.

Ce soir, ma vie va changer.

Ce soir, Rebecca et Callie ne font plus qu'une. Et c'est du définitif.

34

Quand Mindy ouvre la porte, la musique pop m'agresse les sens. J'aurais aimé du classique. J'aurais aimé entendre les morceaux joués par l'orchestre à la soirée champêtre.

Je voudrais tant danser encore avec Alex nos ridicules petites pirouettes, révérences et quadrilles.

Mindy me fait signe d'entrer et retourne sur la chaise à côté de la porte à miroir du placard, où elle est en train de relever ses cheveux torsadés en une douzaine de petits tortillons. Ce n'est pas terminé mais c'est déjà mignon.

Et bizarrement, je ne suis pas jalouse.

Assise sur le lit, Summer enfile des chaussures noires à talons aiguilles.

– Salut.

– Salut.

Je laisse tomber mes affaires sur le lit derrière elle et reste là debout à me demander quoi faire. La porte de la salle de bains est fermée, je ne peux donc pas me changer.

– Je me suis maquillée devant ce miroir. Tu peux pousser mes affaires si tu veux, dit Summer en montrant le petit bureau dans le coin.

Ces deux phrases comptent plus de mots qu'elle ne m'en a adressés pendant toute notre année de seconde. Je me demande si c'est parce que Angela n'est pas dans la chambre.

– Merci.

Je vais m'affaler sur la chaise et je me penche en avant. J'ai l'air un peu fatiguée. Techniquement, je ne me suis couchée qu'à l'aube, la nuit dernière. À moins que ce ne soit ce matin.

Je suis en pleine opération maquillage quand Angela sort nonchalamment de la salle de bains en minijupe et petit haut dos nu.

– Wow, commente Mindy.

Je me demande si c'est le même *wow* que celui qui me vient à l'esprit. Le *wow* de *Wow, limite pouffe, non ?* Je décide de ne pas poser la question.

– Tiens, salut.

Angela me toise comme si j'étais une femme de chambre venue retaper ses oreillers.

– Salut.

Je pose un pied sur la chaise et me penche à nouveau vers le miroir pour appliquer une nouvelle couche de mascara. Évidemment, ça risque de faire des paquets, mais je préfère avoir l'air occupée que devoir parler à Angela. Pourquoi je la laisse me faire ça ? On n'est pas dans la même pièce depuis une seconde qu'à cause d'elle je me sens complètement nulle ?

– Pas mal tes simili-Prada, lâche-t-elle en s'installant sur le lit et en repliant les genoux malgré la mini-jupe qui remonte et laisse deviner sa petite culotte rose vif.

Je me lève et plante les yeux dans les siens.

– C'est de mes chaussures que tu parles ?

– Oui. Tu les as trouvées chez un vendeur ambulant ou quelque chose de ce genre ?

J'ouvre la bouche pour lui dire que non, et que j'ai le ticket de caisse pour le prouver, mais soudain je m'arrête. Est-ce que ça a encore véritablement de l'importance ? Est-ce que j'ai besoin de son estime, d'abord ? Elle est aussi artificielle que ces filles qui se pâmaient dans le sillage d'Alex. Elles courent après l'argent, le prestige, la popularité. Et pour peu que vous correspondiez un tant soit peu au profil, ce sont vos nouvelles meilleures amies. Mais elles ne seront jamais, absolument jamais, de *vraies* amies. Pas comme Alex ou Emily.

Je n'en ai plus rien à faire, de cette fille. Je me fiche royalement d'Angela Marks. C'est terminé, plus jamais je ne la laisserai me donner le sentiment d'être une nullité.

– Un truc du genre, je réponds, et je retourne devant le miroir.

Je n'ai plus besoin d'elle. Et ça me fait un bien fou d'en prendre enfin conscience.

Une heure et demie plus tard, nos téléviseurs sont allumés, le son en sourdine, nos lits rembourrés de polochons humanoïdes, et nous sortons du taxi qui nous dépose devant la boîte. L'adrénaline fait battre mon cœur plus vite.

Mais je n'ai pas peur. Les préceptes, l'étiquette et les conventions sociales extravagants de l'année 1815 m'ont appris que je peux survivre à tout.

Même si je ne suis plus Rebecca. J'ai un peu l'impression d'ôter un masque de protection, et je me sens comme exposée.

Je tire légèrement sur mon haut pour soustraire à la petite brise le dernier centimètre de peau nue de mon ventre, et je suis les trois filles dans l'impasse qui mène à la sortie de secours. C'est un peu répugnant d'enjamber des flaques de boue et de contourner des poubelles remplies à ras bord, mais peu importe. Au moins, ça me fait penser à autre chose qu'à Alex.

Alex. Mon Dieu, si seulement j'avais pu l'emmener ici avec moi. Lui faire mettre un jean.

Il faut que j'arrête d'être obnubilée par lui. Et vite. Ça me fait mal dans la poitrine.

À l'arrière de l'édifice, le fort rythme de basse s'intensifie. Il fait quasiment vibrer toute la ruelle. Une porte anonyme s'ouvre et une tête émerge. Je suppose que c'est le type qui est censé nous faire entrer, car Angela se jette à son cou. Il a les cheveux ras, à la Justin Timberlake, et son tee-shirt noir moule ses muscles saillants. Il s'écarte et nous tient la porte ouverte, et je suis les filles à l'intérieur en essayant de ne pas rougir lorsqu'il me fait un signe de tête au moment où je passe devant lui.

Il fait sombre, excepté quand le stroboscope illumine la piste couverte de danseurs. Une pulsation nourrie se répercute dans ma poitrine et me donne des vibrations dans les poumons.

Je ne lâche pas Mindy d'une semelle, j'ai trop peur de la perdre si je m'aventure ne serait-ce qu'à regarder autour de moi. On se fraye un chemin à travers une foule compacte, à l'écart de la piste, vers un mélange de sièges disparates et de canapés asymétriques. Angela grimpe quelques marches jusqu'à ce qu'on se trouve sur une sorte de mezzanine qui surplombe la piste. Ça me fait penser à l'estrade sur laquelle jouait l'orchestre au bal des Pommeroy.

Je réalise en m'asseyant que celui qui nous a ouvert la porte est sur nos talons. Il y a trois autres garçons avec lui. Soudain prise de passion pour la table, je ramasse un sous-verre que je contemple comme si c'était l'objet le plus intéressant du monde, car sans crier gare, c'est le grand retour en force de mon inhibition.

Et brusquement, le sous-verre *devient* l'objet le plus intéressant du monde. Un seul mot est imprimé en relief dessus, avec une calligraphie travaillée.

Harksbury. J'hallucine.

Je hurle dans l'oreille de Mindy en le lui montrant :

– Qu'est-ce que c'est ?

Elle hausse les sourcils.

– Un sous-verre ?

– Mais non, le mot. *Harksbury*.

– Ah. C'est le nom du club. Mais je ne sais pas ce que ça veut dire.

Moi si. C'est le nom d'un duché. Est-ce que cela signifie qu'un descendant d'Alex a investi dans cette boîte ? Ou que quelqu'un a emprunté leur nom ? Mais ça implique forcément que Harksbury est réel, que le domaine a existé. Je fixe le mot. Si les chaussures n'avaient pas suffi à me convaincre... Je n'ai donc rien rêvé. Voir ce nom, là, comme ça, me rappelle quelle personne j'étais là-bas. Comment je me sentais, dans le rôle de Rebecca.

Je glisse le sous-verre dans ma poche arrière et essaie de rester imperméable au regard d'Angela. Voler un sous-verre, elle doit me prendre pour une folle. Mais je ne pourrais pas rêver mieux, comme souvenir de mon voyage dans le temps. Et le fait de l'avoir contre moi, bizarrement, me donne de l'assurance, comme si je pouvais toujours être la fille du bal.

Je lève les yeux pendant que les garçons s'asseyent sur un canapé orange vif en forme de limace.

– Mesdemoiselles, je vous présente Grant, Tim et Alex, dit le premier.

Il ne se nomme même pas. Je suis sans doute censée savoir qui il est.

Je souris à Grant et fais un signe de tête à Tim, mais quand vient le tour d'Alex, je ne peux que le dévisager.

Alex. *Mon* Alex.

Non, non, c'est impossible. Il a les cheveux plus courts, la peau lisse et rasée. Il porte un tee-shirt boutonné vert au col ouvert, qui fait ressortir l'émeraude intense de ses yeux. Il y a quelque chose de différent. Le contour de ses lèvres. L'arête de son nez. C'est presque lui, mais pas tout à fait.

Et il soutient mon regard. Il sait qui je suis ? Non, c'est ridicule. Puisque ce n'est pas lui. Pas Alex Thorton-Hawke, duc de Harksbury. C'est juste Alex, le type du XXIe siècle qui se tient devant moi. Dans une boîte de nuit. Dans la vraie vie.

Mindy me donne un petit coup de coude.

– Et voici...

– Callie, dis-je en lui tendant la main. Je m'appelle Callie.

Comme c'est agréable de dire ça. D'être *moi*. Je souris involontairement en m'en rendant compte.

Il sourit et me serre la main.

– Salut.

Puis, on garde tous les deux le silence. On continue à se serrer la main et à se fixer. Mon cœur s'affole. Je me sens déjà moite.

Mais c'est l'adrénaline. L'excitation. Je n'ai plus peur. Ni d'Angela ni d'Alex. Je gère.

– Tu veux danser ? dis-je.

Je viens de poser la question à voix haute, là ? Non, ça ne peut pas être moi, c'était quelqu'un d'autre.

– Hein ?

Il ne m'entend pas à cause de la musique.

– Tu veux danser ?

Je l'ai répété plus fort, avec un peu plus de conviction. Pour souligner l'invitation, je désigne du menton la piste de danse. Je suis réellement en train de faire ça.

– OK.

Je ne sais pas si j'ai bien compris la réponse, mais sans attendre il me prend la main et m'emmène, et je hasarde un coup d'œil vers les autres.

Ils ne nous lâchent pas des yeux. Pour une fois dans ma vie, je leur vole la vedette. Avec un grand sourire, je reporte mon attention sur Alex. Depuis un mois, je rêve d'être proche de lui.

C'est le moment de saisir ma chance.

Remerciements

Si je ne devais remercier qu'une personne pour m'avoir permis de réaliser mon rêve, ce serait mon agent, Zoe Fishman. Tout autre aurait renoncé à ce roman, mais elle n'a baissé les bras à aucun moment, et je ne l'oublierai jamais. Cette page existe grâce à elle.

Je remercie aussi chaleureusement :

Ma grande copine d'écriture, Cyn Balog, qui s'est embarquée avec moi dans cette délirante aventure et qui a pleuré avec moi lorsque j'ai reçu LE COUP DE FIL ; ma meilleure amie, Rachel Stoneburner, toujours là pour se réjouir avec moi ; Ronni Selzer, la reine de la grammaire, qui m'a aidée ; Mindi Scott et Andrea Perrin, mon gang de chez Red Robin, parce que j'étais avec elles quand tout s'est concrétisé ; Lauren Barnholdt, car je la considère comme mon mentor même si elle ne m'a jamais proposé ses services ; celle par qui tout a commencé parce qu'elle a rempli nos bibliothèques de livres et m'a insufflé l'amour de la littérature : ma mère, Donna Hogerhuis ; mes frères, Danny Hogerhuis et Brian Hogerhuis ; mon père, Dan Hogerhuis ; les premiers membres de ma famille à avoir lu mon travail et m'avoir dit qu'ils ont adoré : Nicole Kaiser et Janae Prince ; Jennifer Rokes ; Jennifer Lynn Barnes ; Regina Scott ; Sara Bennet-Wealer ; tous ceux de *The Debs, Fiction Press* et *LiveJournal* ; et toute l'équipe de Razorbill pour les efforts qu'ils ont déployés afin que ce livre soit aussi réussi que possible. Enfin, et surtout, merci à mon éditrice Lexa Hillyer. De bien des manières, arriver chez Razorbill après un aussi long périple m'a donné l'impression de rentrer chez moi, et j'ai été ravie d'être finalement publiée par une éditrice aussi intelligente et clairvoyante. Vous connaissez le dicton : la troisième fois est la bonne.

D'autres livres

wiz
Albin Michel

Jodi Lynn ANDERSON, *Peau de pêche*
Jodi Lynn ANDERSON, *Secrets de pêches*
Jodi Lynn ANDERSON, *Un amour de pêche*
Jennifer Lynn BARNES, *Felicity James*
Jennifer Lynn BARNES, *Tattoo*
Candace BUSHNELL, *Le Journal de Carrie*
Candace BUSHNELL, *Summer and the City*
Meg CABOT, *Une (irrésistible) envie de sucré*
Meg CABOT, *Une (irrésistible) envie d'aimer*
Meg CABOT, *Une (irrésistible) envie de dire oui*
Elizabeth CRAFT et Sarah FAIN, *Comme des sœurs*
Elizabeth CRAFT et Sarah FAIN, *Amies pour la vie*
Melissa DE LA CRUZ, *Un été pour tout changer*
Melissa DE LA CRUZ, *Fabuleux bains de minuit*
Melissa DE LA CRUZ, *Une saison en bikini*
Melissa DE LA CRUZ, *Glamour toujours*
Jenny HAN, *L'été où je suis devenue jolie*
Jenny HAN, *L'été où je t'ai retrouvé*
Rachel HAWKINS, *Hex Hall*
Joanna PHILBIN, *Manhattan Girls*
Chloë RAYBAN, *Les Futures Vies de Justine*
Chloë RAYBAN, *Dans la peau d'un garçon*
Chloë RAYBAN, *Justine sérieusement amoureuse*
Chloë RAYBAN, *L'Effet Justine*
Meg ROSOFF, *Maintenant, c'est ma vie*
Adam SELZER, *J'ai embrassé un zombie (et j'ai adoré)*
Polly SHULMAN, *La fille qui voulait être Jane Austen*
Laurie Faria STOLARZ, *Bleu cauchemar*
Laurie Faria STOLARZ, *Blanc fantôme*
Laurie Faria STOLARZ, *Gris secret*

Laurie Faria STOLARZ, *Rouge souvenir*
Laurie Faria STOLARZ, *Mortels petits secrets*
Gabrielle ZEVIN, *Une vie ailleurs*
Gabrielle ZEVIN, *Je ne sais plus pourquoi je t'aime*

www.wiz.fr
Logo Wiz : Cédric Gatillon

Composition Nord Compo
Impression : Imprimerie Floch, août 2011
Éditions Albin Michel
22, rue Huyghens, 75014 Paris

ISBN : 978-2-226-20942-9
ISSN : 1637-0236
N° d'édition : 18759/04. – N° d'impression : 80236
Dépôt légal : janvier 2011
Loi n° 49-956 du 16 juillet 1949 sur les publications destinées à la jeunesse.
Imprimé en France.